风从哪里来

金建新——著

天津出版传媒集团
百花文艺出版社

图书在版编目(CIP)数据

风从哪里来 / 金建新著. -- 天津 : 百花文艺出版社, 2025. 2
ISBN 978-7-5306-8757-4

Ⅰ. ①风… Ⅱ. ①金… Ⅲ. ①诗集-中国-当代
Ⅳ. ①I227

中国国家版本馆 CIP 数据核字(2024)第 056221 号

风从哪里来

FENG CONG NALI LAI

金建新　著

出 版 人：薛印胜
选题策划：胡晓童　**责任编辑**：宋春悦
装帧设计：书香力扬
出版发行：百花文艺出版社
地址：天津市和平区西康路 35 号　**邮编**：300051
电话传真：+86-22-23332651（发行部）
+86-22-23332656（总编室）
+86-22-23332478（邮购部）
网址：http://www.baihuawenyi.com
印刷：四川科德彩色数码科技有限公司
开本：710 毫米×1000 毫米　1/16
字数：130 千字
印张：15.75
版次：2025 年 2 月第 1 版
印次：2025 年 2 月第 1 次印刷
定价：58.00 元

如有印装质量问题，请与四川科德彩色数码科技有限公司联系调换
地址：成都市郫都区成都现代工业港北片区港北二路 551 号
电话：(028) 86965202　邮编：611700

问风　穿过诗行

——诗集《风从哪里来》序

王学海

在“磨去棱角的枝丫　长出了淡定”的含蓄里，我翻开了诗集《风从哪里来》。诗人来自江南鱼米之乡海宁，正若他在《在老桑树下》所写的，“不管风云变幻　年年长出新枝/一方绿叶　撑起一片天空”，诗人和海宁的诗人群体，确实在为文学的海宁，努力地撑起着一片天空。

诗，是要吟诵的。在“早上，我在床上伸了个懒腰”（《夏至，我伸了个懒腰》）之后，便再不顾时日的长短，又试图与大海融为一体，“深吸一口气把眼睛闭上/任凭海浪把我急急托起　又狠狠地吞咽”（《我与大海融为了一体》），快节奏的工作，无畏的人群确是如此在大海中行走。不过诗人并未鼠目寸光，他任“无数的触角在大海里无限伸展”，并且，“闻到了太平洋中心的硫黄味”，也望到了“非洲大陆的最最南端”。胸怀，这是与大海齐一的胸怀。

诗，又是要用好言词雕琢的。对于换季，诗人这么写道——“秋风用锋利的刀刃在刮/大地的深绿被一层层刮去/那丛枝头黄叶　活生生地剥离/叶落归根也罢　却又被慌乱扬起/山川渐渐露出了沉甸甸的金黄”（《秋风》），“锋利”“刀刃”“刮”“活生生”“剥离”，形象与动词，场景与生命感受，交杂的是人与自然的生长中凸显出的生命季节。然后，对于收获季节的诗意描述，诗人并未回避换季的阵痛，当然，那更是耕耘的辛劳，是抵抗自然灾害的拼搏，是汗水滴裂大地的那份生存的劳作。但秋风，还是“不知疲倦地在刮/天之壳越刮越薄”“一阵莫名的恐惧在心头掠过”。看到此，相信许多读者都会有此共识，即诗人的笔触，让一些诗，正在走近成熟的边际。所以，恐惧之后便会“茅塞顿开”，原来“浑身一阵颤抖”加刀刮恐惧等，是“雏鸟破壳前”的自然场景与人的生命感受的诗意潜伏。它随后就会让“惊喜”使你浑身轻松——“一片落叶在耳际打转”。那是去芜存菁后的天高气爽，那是回味辛劳抚摸硕果时温暖的悠悠回转。

诗，它排列的一行行形式，宛若一条条小路，有时又会引人去思考。“我在冬天里寻找冬天/我在严寒中企盼严寒”，诗人的心态，这时该进入到一个何样的境地？那“从骨髓抽出的丝丝冰凉”，为何？原来，“冬天，该像个冬天的样子/寒冷，冷他个冰窟窿朝天”（《冬天里寻找冬天》），这是文学生态的一声呼喊——地球转暖，南极冰雪融化，这是对人们肆意制造垃圾、破坏地球生态平衡行为的一声警醒式的呐喊！在这里，诗人又是天真可爱的，“一片片绒花　翻飞在你的头顶/…………花蕾　正心跳加速/…………在这横飞　狂野的时刻…………/春梦开始发芽拔节/枝头泛起少女的红晕…………”（《飞雪梅影》）诗在眼前仿佛已被置换成一幅色彩缤纷的水彩画，重现着少年时代的那个冬天，那个还少有污染、大地天空一片纯静洁白的自然之景。是的，现状与昨天，会使“窈窕淑女惊悚”，也会“把阳刚男儿的心绪搅乱”（《漫天飞雪》）。但这不会是停顿，也不仅是忧愤，远方，当然是诗与远方，那是“雪在悄悄下/…………雪水润喉你好开心”，是“纯白统领天下”，是“片片碎银终将金币珍藏”（《雪在悄悄下》）；那是治理后人类环境再返回纯美的自然，是人与自然再一次和谐相处的美好家园，也是“崭新的世界让我眼前一亮”（《阳光白雪是最美的风景》）。我非常欣喜地从诗人这组咏雪的诗中（《江南雪》共6首），看到了当下文学里国际视野的身影：那是生活理念的新的萌芽，是诗人脚步牵引着的践行，是诗人手握着人与自然和谐共生的一把秘钥，在抒情中豪放着它的敏锐的眼光与迫切企盼着的激越心灵。

诗集《风从哪里来》的另一个侧重点，在于对自然山水行吟中的抒情与颂赞。诗人在这里引人注目的是贴近大山的感受，是对自然胜景的心灵解读。其中尤为惹人爱读的，是诗人思想的脚步与大自然的群山共向上、齐水共东去的那种苍苍茫茫和涓涓细流的生生气息。

自然，诗集的另一个亮点，在于对“情”与“义”的诗性抒写。如《慢下来》，诗人独具只眼，把荒郊、山脉、白纸，在“一片”“一弯”“一张”中连缀起来，意象成为“拈花一笑”的背景，它既是自然的，又是心灵的：“抄经阁内，笔尖让心灵渐渐沉淀”——好一个“沉淀”，沉淀的后果，是慢下来的“脚步”和“心跳”，慢下来的，最终是你“生命的衰退”。诗让你在慢中获得新的深层次领悟。

一个人学诗写诗，首先是他喜爱上了诗。诗在引着他朝前走，慢慢地，穿过懵懂，才知道什么叫诗，才明白写诗的人和成为诗人的距离，依旧是那么遥远。这就有点像彼岸花，美丽可观，却又总是近不得。好诗往往似在半空默默绽放的奇葩，而我们则只能站在陆地用心凝神而望。这个过程，也是个历练的过程。花蕾初起时，滋润的绿叶营造了一片天地。花开时，整片整片绿叶的天地，倏然间又若消逝一般。故写诗，更多是在耕耘，在浇催叶与天地之缘的绿。

我，弓腰

曲背，大地

一片绿茵

我，举手

抬腿，绿叶

又涨满了

天宇

是的，只要诗在，我们的心中，就总会开出艳丽的花朵。

2023 年 9 月 22 日—23 日

（序作者系《鹃湖评论》主编，中国诗歌学会第二、第三届理事，一级文学创作）

目录 Contents

春

夏

秋

冬

山

水

情

义

春

风 从 哪 里 来

春　心

怎么能这么没完没了
这绵绵雨丝　晶莹的雨丝
日复一日

一张捕捉万紫千红的巨网
撒向人间
浓密的云雾裹上了一层又一层
一颗惊天动地的春雷
数不清的雨后春笋
生机勃勃

绝不会这么没完没了
磨去棱角的枝丫　长出了淡定
总会暖风微醺

蝶恋花蕊　荡漾开来
便一发不可收拾

原载《绿风》2021 年第 2 期

鹅卵石小巷

也曾是山顶高昂的头颅
也曾是洪水面前的中流砥柱
也曾是深潭里晶莹的龙鳞
也曾是千万年的跌打滚爬

形态各异，色泽有别
一路上激烈的碰撞与玩耍
命运之神，大家聚到了一起
有序排排坐，再无争吵与摩擦

打开这精美的一把把羽扇
行走在恬静的山村小巷
忘不了来时路伤痕累累
忘不了那溪间洁白的浪花

原载《品位·浙江诗人》2023 年第 2 期

田庐夜景

枣红色的米酒颜色很淡
却让我的心怦怦直跳
坛头村夜景无人问津
酒足饭饱的人们　踉跄着左顾右盼

在山顶的回廊极目丈量
武义江在这里转一个大弯
一方湿地披着神秘轻纱
山水佳景，春寒未尽，灯光暗淡

转身　山村灯火阑珊处让人一惊
高墙上的山水画气势磅礴，心灵震撼
啊！神来之笔谁的杰作
嘘！我揉了揉惺忪的醉眼

凹凸不平的山墙深藏玄机
发黏的灯光心系着星辰大海
铁守联盟制造了海市蜃楼
今晚的坛头　今晚的来客　统统迷魂汤灌醉

原载《品位 · 浙江诗人》2023 年第 2 期

谢春风

春天的风　万般温柔
山坡　平原　峡谷　河岸
每一寸土地　都要抚摸一遍
成片的山林　广袤的田野
一一披上新绿的衣衫
卧地而眠一冬的小草　也被唤醒了
涂上了鲜嫩的色彩

春天的风　细腻至极
恰似少女的纤纤手指
柳芽儿一点点绯红
被轻轻地　逐个儿剥开
谁在撩动　那一串串珠帘
等待　手执羽扇美人儿扑蝶进来

春天的风　含着清香与甜味
粉红的桃花　雪白的梨花　一张张笑脸
把蜜蜂请来　尖尖的针管
在花蕊的最深处　滋滋地吮吸
斑马纹油亮的肚子下　绒毛开始抖颤

整个春天的精华已被吞下
无穷的力量　将翅膀鼓圆
每秒　200 次的扇动　小菜一碟
沉重的嗡嗡声响起　久久不肯离开

徜徉在云龙的春天里（组诗）

春暖花开的日子里，应邀参加海宁电视台“大潮网”赴云龙采风活动，出身农村又回到新农村看看，唤起了我们几多童年、青年的记忆；触景生情，百感交集；心潮涌动下吐出些不太成熟的文字以诉心声。

一、云龙　不仅仅是传说……

钱塘江里的闪闪金龙
你神通广大　你翻江倒海
万马奔腾的大潮是你的杰作
成就了海宁　举世瞩目的天下奇观

腾云驾雾是你的拿手好戏
游遍天南地北　万水千山
是否那天你窥见了美丽的蚕花姑娘
你的青春年少　她的情窦初开
是惊慌失措　还是难舍难分
你竟一头扎在大江北岸

从此这里　唤作“云龙”　风调雨顺

从此这里　人杰地灵　辈出英才
从此这里　枝繁叶茂　五畜兴旺
从此这里　世世代代　栽桑养蚕

憨厚朴实的云龙人
用勤劳与智慧　用心血与汗水
呼啦啦树起了一根
县级　省级　乃至全国的蚕桑标杆
三十多个国家的外宾
参观学习　纷至沓来

早在五十多年以前
这里是闻名遐迩蚕桑先进单位
曾经的中央新闻电影制片厂的新闻简报
播放过云龙蚕茧丰收的热闹场面

更为难忘的是 1979 年 12 月
国家领导人
为咱云龙大队颁发嘉奖令
那崇高的荣誉
是何等的珍贵
激励着云龙人奋力拼搏　年年岁岁

远去了峥嵘岁月
迎来了沧桑巨变
农民们已不再为衣食忙碌

乡下人早过得比城里人还逍遥自在

为了传承千年的蚕桑文化
云龙人在记忆中苦苦探索
领先世界的智能蚕室
蚕宝宝四季喂养
吃合成饲料也能吐丝结茧
又是一个惊天奇迹
还有彩色蚕宝宝
吐彩色丝　结彩色茧
怎不叫人瞠目结舌　拍手叫好

党的十九大精神深入人心
全国进入了一个崭新的时代
云龙　不仅仅是传说……
六十年的先进红旗永远飘扬
云龙人睿智与执着
终将硕果累累
悠久的蚕桑文化与现代智能技艺
“云龙”这颗璀璨明珠
闪耀在世界东方　光照天地间

二、在云龙　我甘愿做一条春蚕

春风吹拂大地
抖瑟了一冬的桑枝

长满新绿　春意盎然
我听到了
那桑叶粗壮的脉络里　激流奔涌
这是给我们亿万同胞
准备的充足的乳汁
是多么可口香甜

在昼夜恒温的暖房里
给我们搭起了好大一个家
28000 个兄弟姐妹
一起来到人间
在硕大的　层层叠叠的圆桌上
我们吃得津津有味
撒娇在你们宽阔而又温暖的胸怀

我们每分每秒都需要进食
云龙的蚕农　养蚕技艺格外细腻精湛
对我们似掌上明珠般呵护
犹如你们自己生下的心肝宝贝
我们四五天连续吃呀吃
吃够了才肯睡上一整天
脱去一层皮　由黑渐渐变白
头眠　二眠　三眠　四眠　乃至五眠
你们寸步不离　日夜相伴
把我们喂得白白胖胖
而你们却熬成了熊猫眼

一个多月漫长而又短暂的时光
我们睡醒了吃　吃饱了睡
全仗你们呕心沥血　辛勤喂养
在你们的企盼中上山结茧
两天又两夜　吐尽口中丝
光亮而洁白的长丝　是对你们的回馈
漫漫的一点五公里啊
迢迢万里的丝绸之路　这是起点
为她跨出的第一步
我们深感荣幸　无怨无悔

三、古朴树下的回味

一棵池边的古朴树
撑起好大一把遮阳伞
一半在屋前　一半在水面
春风摇动你的满头秀发
儿时的回忆　在微波中徐徐载来

爬上朴树采取朴树籽
是男孩子的最爱
找一根圆圆的糖心竹
去掉竹节做成枪管
再找一根妈妈织毛衣的竹针棒
磨掉尖端当作推弹上膛的枪栓

扣进一粒朴树籽
用竹针棒顶它进枪管大半截
再塞进一粒朴树籽
猛然用力　迅速推上前
只听“噗”的一声响
一颗子弹飞出几丈远

这儿时的土气枪
大人吼着不让玩
总说某地某人某一天
玩这“噗噗枪”瞎了眼
可是偏偏少年郎
乐此不疲照常玩
比谁射得准　比谁射得远
还有天真的一闪念
是否朴树原来无名字
是否“噗”的一声响
树名从此叫开来？

往事如烟　渐行渐远
挥之不去的总是那纯真无邪
梦一般的童年少年
眼前的古朴树
错根盘节　洒脱姿态人见人爱
一阵清风不知从何吹来
别样凉爽　别样舒坦

繁茂的树枝　轻轻点点头
你是否与我一样在回味
那曾经的顽皮男孩
那曾经的快乐年代

四、在老桑树下

在那棵历尽沧桑的老桑树下
我不由自主地怦然心动
多想听一听　你的真情诉说
云龙　这面飘扬了六十多年的旗帜
经历多少坎坎坷坷
暴风骤雨后　亮丽的彩虹
不容易啊　不简单
闻名全国的先进单位
倾注了多少辛勤与汗水
是云龙的三千多干部与群众
一切归功于党的正确指引
加之云龙人不屈不挠　大智大勇

在那棵生机勃勃的老桑树下
我感受到你的体内热血喷涌
我老了　你也老了
其精神却为何迥然不同
你的铮铮铁骨　你的拳拳之心
不管风云变幻　年年长出新枝

一方绿叶　撑起一片天空
在你面前　我看到了云龙的未来
你的伟岸挺拔　你的雄姿英发
犹如将要冲破云层　惊天腾飞的金龙
“云龙”这块闪闪发光的金字招牌
将为新时代的丝绸之路
竖起又一座　新的高峰

樱花坡

春寒料峭，久久不肯退却
灰蒙蒙，浓云缠住了春光
一群人奔来花田小镇
满坡的樱花勇敢地冲出来绽放

一棵树便是千朵万朵
一坡树开成了花的海洋
摇一下那瘦弱的枝丫
一场花瓣雨顷刻间随风飘扬

洁白的樱花略带绯红
恰似羞答答情窦初开的姑娘
早几天还是瑟瑟枝头
一夜之间手舞足蹈春心荡漾

在烂漫樱花的重重包围之中
穿透心肺，是那淡雅而又浓郁的芬芳
我醉了，我醒了，我多想跃起
谁能，谁能借给我一双飞翔的翅膀

春游虎丘

上有天堂下有苏杭
惊天的诱惑谁能抵挡
游姑苏不游虎丘乃憾事也
东坡一语更是皇冠上一道霞光

虎丘我四十多年前来过
嶙峋的乱石　低矮的山岗
吴王炼剑　我至今仍表怀疑
文公讲学　顽石点头令人血管膨胀

姑苏城多少故事塞满千亩城郊
三步一境在此一一对上
吴国江山那是遥远往事
吴侬细语穿透两千年岁月长廊

虎丘塔青砖黄砖裸露
不再是年轻时的模样
那年你与我一样腰板挺直
如今我背驼了你也倾向北方

岁月无情催人老
人望古塔　塔在望远方
人生在世三万天
巍巍古塔　请把千年历史逐页珍藏

春漫平江路

天堂般的姑苏城在此浓缩
成千上万的人们在游春踏青
三里长平江路啊
网红打卡地　不负盛名

古装淑女　成群结队顾盼流连
优哉的阔少们睁大了眼睛
熙熙攘攘　人头攒动
请看一看　苏州平江路真实的场景

旅游购物　应有尽有
吃喝玩乐　享受人生
五光十色　勾引出三尺垂涎
琳琅满目　让人转不动眼睛

一条小河依偎古街
手摇游船承载着千年斑斓梦境
难怪塞外风沙中人儿
乞求下辈子能投胎做苏州人

鼋头渚

龙的九子何时爬来江南
吞吐太湖水不分昼夜
沧海桑田　斗转星移
持之以恒修行终究得道成仙

今日我们站在你的头上拍照
身后数艘太湖船一字排开
湖光潋滟　春风得意
不知是否生气会瞬间翻脸

知道你脾气甚好慈善为怀
你视芸芸众生如同我等看蝼蚁一般
可怜百年光阴不及你一夜春梦
蹦吧跳吧　正好把发绿青苔消退

望不尽茫茫太湖水
四方的游客不请自来
如画山水　太平盛世
鼋头渚独占鳌头　美哉善哉

惠山古镇

千年的历史沉淀
铸就了声名远播的惠山古镇
一平方公里的深厚土地
走出一长串才子佳人

一切皆是过眼云烟
一页页故事被尘埃封存
毓秀园林换主人无数
曲径通幽如今漫步几多游人

不念那牌坊闪光的金字
不愿拜香烟缭绕中菩萨
身处社会底层劳苦大众
最怀念在惠山脚下行乞的盲人阿炳

苦难深重的阿炳啊
看不清这迷人世界五彩缤纷
血与泪凝成的《二泉映月》
让全世界涕涟涟泣无声

夏

风 从 哪 里 来

立夏的雨

一场雨从春天下到夏天
我要为“立夏”呼喊
聚集这么厚的云层
才能持续这数小时的倾盆而下
多少人被打湿了衣衫
嘿嘿　我也是其中的一员

渐渐地　天空透明起来
是谁给一块块云彩涂上了颜色
大地抬头时让我一惊
一场雨　让绿　深了一倍
暮春与初夏的气息混合在一起
那真叫人舒坦

原载《品位·浙江诗人》2018 年第 2 期

希望的田野

——献给双喜村千亩良田

也曾是骄阳似火
也曾是酷暑冒烟
黝黑的身子　瘦骨嶙峋
破草帽白毛巾，我曾是庄稼汉

也曾是禾苗青青
也曾是白云蓝天
只因为，腰弯了背驼了
面朝黄土，吐不尽满腹苦水

那青春，那身影，渐行渐远
那岁月，那田头，梦中徘徊
风霜覆盖流汗的毛孔
年轮缠绕两手的老茧

坑洼岗地，早已一马平川
耕田插秧，成套的机械环环紧扣
施肥喷药，无人机轻松搞定
科技农业，优质高产

千亩良田我放眼丈量
温柔目光抚摸这无边的绿
禾苗拔节的声响为我演奏
大地的乳汁，滋养着希望的田野

紫薇花开

紫薇花开的季节
我的心在丝丝作痛
你修长的腰肢　弱不禁风的样子
却是无休止地摇摆不定
两旁成片的樟树林呆若木鸡
笑你的软骨　笑你的多情

那么多奔驰宝马擦身而过
你只轻轻地点头示意
而我到来　你头着地的一鞠躬
我受宠若惊　我心潮滚滚
一条野狗横穿　大巴车戛然而止
你也停止了摇曳　翘首在望
隔着车窗　你我会心地笑了

迎台风

满天的跑马云　满天里奔腾
真佩服你了
太平洋里招募来这么多　彪悍的骑兵
横扫一切　所向披靡
把好端端的　花香蝉鸣的仲夏
搅得地暗天昏

大树在风中苦苦挣扎
累得满头大汗　筋疲力尽
庄稼正趴下身子
做着数不清的　高难度的俯卧撑

最是那尖叫的风哨
似索命的带子系在窗棂
掺杂着鬼怪的密语
把人们不安的心　一阵阵勒紧

台风挟裹着暴雨
涤荡了山川平原　城镇乡村
骤雨　山洪　闪电　狂风

处处危机四伏　时时动魄惊心

遥想四十多年前的时光
我们还是光脚板的农民
夏季里总念叨　多来几次台风吧
犹如盼望我们种田人的救星

乌云能遮挡毒辣辣的阳光
暴雨能驱走如烤似蒸的高温
还有那呼啦啦的大风
把田头地角　屋前屋后　打扫得干干净净
那酷暑里的凉爽滋味
时过境迁　依然刻骨铭心

同样是乱云飞渡
同样是台风来临
同样的人　跨越了不同样的年代
同样的人　却还是不同样的心境

夏至，我伸了个懒腰

早上，我在床上伸了个懒腰
竭尽全力把身体拉到最长
远处的蝉鸣一阵紧似一阵，助我发力
我听到了骨骼长到极致的声响

今天，谁似我强弩之末
是眷爱着北半球的滚烫太阳
再也无法向北跨进半步
北回归线的界桩　永远闯不过的铁壁铜墙

今晚，我要蜷缩着睡觉
把一年中最短的夜晚抱紧
梦中情话，需加快语速，我不想
把暗中的秘密抖搂给阳光

明天，白昼又要被一寸寸蚕食
恰似翻过山顶，别无选择地下坡
暑来寒往，生命之树加一道年轮
渴望，明天的明天，吐些文字，永恒发亮

江南黄梅天

江南也有痛
黄梅天，风儿躲到天外
朦胧烟云，纠缠成死结
湿漉漉，这混混沌沌的世界

河水漫溢，天泪纵横
剪不断的雨丝儿网住了昼夜
心也潮湿，隐隐约约的酸
裹挟闷热，重缠着盛夏

河边杨柳　窈窕的淑女
忘却了顾盼，整日里无精打采
路旁香樟，撑着大伞的壮士
闷闷不乐，淌下几多汗水与泪水

静心，创造能耐
三十三天是修行的路
年年有梅雨，原来江南福地
也非一马平川

黄梅天咏叹

江南，人人向往的江南
江南也有痛　含辛穿越黄梅天
已是夏季　风儿却躲到天外去
抛下了这朦朦胧胧的世界

天色昏沉　云儿低垂
剪不断的雨丝儿网住了昼夜
潮湿的心　隐隐约约的酸
锦绣河山　葱茏盛夏却如重病缠

河边杨柳　那窈窕的淑女
整日里垂头丧气　无精打采
翠珠帘儿的帷帐纹丝不动
空等朝朝与暮暮　醉眼蒙眬向谁看

路旁的香樟　撑着大伞的壮汉
闷闷不乐忧虑重重　身累心更累
鱼鳞般的皮肤　雨中苦笑
湿漉漉的华盖　淌下的是汗水　是泪水

潮湿　闷热　阴雨　心烦
此时此刻　最为金贵是静心　是能耐
放下咬牙切齿　且闭门思过吧
三十三日煎熬后　便是云开雾散

年年有梅雨　一岁有磨难
人在江南　福地也非一马平川
过梅季　权当蟹脱壳　蛇蜕皮
浩荡东风　总将扫出碧空与长天

露珠碎了

盛夏的清晨，天刚微明
一只喝饱露水知了把我叫醒
她是在独唱，又似在独白
不紧不慢，咬字吐音清晰可闻
醒了醒了，请享受夏季最美的时分

紧接着，无数只知了加入了大合唱
步调一致　似一排排波浪携手前行
歌声越来越高，已成汪洋一片
淹没了村庄，淹没了树林，漫过了我的头顶
鬼使神差　悄悄地加入其中
滥竽充数者　最怕露馅时的窘境

碧绿如洗的草坪，小草们兴奋至极
双手把闪亮的眼球举过头顶
晶莹的露珠儿熠熠生辉
高昂的大树，妒忌地回头张望
那么多的珍珠，是谁赠予她们

大树一声长叹

掀过一阵强劲晨风
千百只知了的歌声戛然而止
千万颗小草捧着的露珠被打得粉碎
绿莹莹的草坪，顷刻间鸦雀无声

我与大海融为了一体

雪白的浪花劈头盖脸
那刻我浸泡在海滨浴场的沙滩
深吸一口气把眼睛闭上
任凭海浪把我急急托起　又狠狠地吞咽

是谁在把我的肌肤舔逗
抚摸我的四肢　拍打我的脸颊
在大海温柔的怀抱里心花怒放
似一朵睡莲在波涛里盛开

身体似在渐渐地融化
悄悄地与大海融为了一体
思绪随波浪荡漾开去
无数的触角在大海里无限伸展

我闻到了太平洋中心的硫黄味
夏威夷四季如春　火山也不曾冬眠
每天的彩虹让心情飞翔
没有蛇鼠的环境与天堂媲美

我看到了非洲大陆的最最南端
好望角的帆影正踏浪归来
印度洋与大西洋的万顷波涛
泾渭分明　这边是深蓝那边是浅蓝

我听到了挪威松恩峡湾的涛声
海鸥伴唱　清凉世界白雪皑皑
太阳与月亮在遥远的天际
忘不了那安静而又明亮的深更半夜

我的神经末梢在四大洋遨游
结识新的伙伴　鲨鱼鲸鱼　海鸥海燕
多想自己身体里长出鳃
那么就能在大海的温床上躺上百年

周王庙踏浪（组诗）

一、官弄里飘来翰墨香

在周王庙的上林
有个叫官弄里的村庄
四十多户钱氏人家
人人知书达礼　个个淳朴善良

这里绿树成荫鲜花摇曳
漫步村间小道　心胸豁然开朗
曲径通幽　凉风习习
深深一口　饱含浓郁的墨香

满目的青砖黛瓦乡村别墅
小桥流水紧偎着曲折长廊
彭城书院　文苑翰墨
钱氏家训甚严　哺育着这脉钱氏儿郎

祖上一代清官钱薇
明朝正史上赫然记载
彭城永庆钱氏　并非空穴来风
官弄里地名有物件作证叫得响亮

钱氏家族根深叶茂
官弄里儿孙叱咤风云
商场拼搏已硕果累累
追根寻祖把钱氏文脉发扬

尘封的历史我们轻轻剥开
钱氏人才辈出　多少国家栋梁
钱家香火　生生不息
官弄里的钱氏　将在史册里闪光

二、在上林　我把牛儿牵上岸

脸朝黄土背朝天
农夫陪你耕耘了上千年
老人们都说你怕鼻子痛
所以才任劳任怨那么乖

我知道　憨厚老实是你的本性
风里雨里　你负重前行从不懈怠
你吃的是稻草啊
重活累活　一年四季干不完

再也不用你犁地耕田
再也不用你拉车担柴
如今农业机械连环配套
还有电脑数控与无人设备

翻天覆地　沧桑巨变
我们跨上了时代骏马
现代农业　日新月异
再也见不到牛马耕耘的广阔田野

今天　我把牛儿牵上岸
从此脱离步步泥泞的苦海
多想骑在宽阔的牛背上
一支横笛吹响　村口升起袅袅炊烟

三、我爱水心里的睡莲

清风拂过杨柳岸
是谁在撩动那一串串珠帘
在水心里生态湿地
我多想捧起那一丛盛开的睡莲

那初夏的阵阵碧波
正似我的心潮泛滥
羞答答的睡莲正胸口起伏
被我搅动得脸色绯红　惊恐不安

放心吧　我不会兴风作浪
小鱼儿正贴着你的茎叶玩耍
在这安宁静谧的小河里
多想与你在柔波里同枕共眠

久别了河道过往的船只

再也没有柴油味的污染
禽畜垃圾　农药化肥
对水心里湿地　永不侵犯

绿水青山　就是金山银山
人自律水自清　湿地回归自然
四季常春　我们永恒的愿望
党群同心　守护我们美好家园

四、心儿在田野上奔跑

——放眼长春村千亩高标准农田

无数的花儿在拍手叫好
那是秋英在夏天早早开放
收割机三天三夜的轰鸣
留下的麦秸如钱江涌潮后的模样

丰收的喜悦来得有条不紊
心如那一望无际的滚滚麦浪
生态化　景观化　数字化
优质高产　早有了扎实的保障

也曾在风雨中奔跑田埂
也曾是挥汗水　顶着如火骄阳
黝黑的身影　瘦骨嶙峋
梦中依稀　还曾现历历过往

田头的劳作　记忆永恒

苦难的日子　我们曾泪眼汪汪
风霜覆盖了　历史痕迹
岁月的年轮　把曾经往事归案存档

我在等待那插秧时节
放眼水平如镜的田野之上
一定有白鹭前来点缀
蓝天白云禾苗青青　有凉风送爽

往日坑洼岗地　早已一马平川
耕田插秧　成套的机械闪亮登场
施肥喷药　低压灌溉
高标准农田　科技农业　丰收在望

我的心儿　在千亩良田上奔跑
抚摸这绿油油一片　是我痴情的目光
听　禾苗拔节的声音多么美妙
希望的田野　等待丰收的凯歌奏响

五、赞博儒桥村共富大棚

曾记得小时候
老师对孩子们讲
将来粮食会在工厂里生产
永久面包的童话会让世界再无饥荒

博儒桥村惊人之举
是省级未来乡村首批建设试点

叫大棚显得土气
那是农业标准厂房

86 亩 6000 万投资
是何等的魄力与刚强
党群一心众志成城
数字化现代农业在此崭露曙光

番茄能采十个月
每棵藤能结五十多斤
无土栽培　全自动滴灌　常年恒温
移动鼠标　就能掌控果蔬生长

村民变成了“股民”
众目睽睽下果蔬大棚透体通亮
敢第一个吃螃蟹的人
必将带领博儒桥村远飞高翔

六、枣树下乘凉

徐家木桥八十岁的枣树
郁郁葱葱　叶儿油光发亮
一张小桌　围几个小凳
树下乘凉　美滋滋一道亮丽风光

你是孩子们的太爷爷
慈眉善目　肤色粗糙却身杆硬朗
你的所见所闻

一路走来几多坎坷悲伤

钱塘江北岸一马平川
扬名天下的鱼米之乡
可在那黑暗的年代
同样民不聊生　同样辘辘饥肠

最是那春风化雨
最是那共富的浪花
你眼前的景象发生了巨变
从未有过如此祥和的景象

柏油路伸展到每户农家
河水清清　碧波荡漾
整洁的村庄似公园一般
城里人投来羡慕的眼光

党建统领　“四共四筹”
博儒桥村不再是穷乡僻壤
不忘初心　牢记使命
努力吧　共同富裕还在路上

秋

风从哪里来

秋　风

秋风　用锋利的刀刃在刮
大地的深绿被一层层刮去
那丛枝头黄叶　活生生地剥离
叶落归根也罢　却又被慌乱扬起
山川渐渐露出了沉甸甸的金黄

秋风　把天空的云彩刮成均匀的浅滩
多想搁一下远眺目光
云彩却越来越淡
只剩下湛蓝的长天
和空荡荡的眼神

秋风　不知疲倦地在刮
天之壳越刮越薄
晶莹剔透　一弹即穿
一阵莫名的恐惧在心头掠过

突然　突然　浑身一阵颤抖
飞机从强气流层穿过
雏鸟破壳前的惊喜　全身湿透

茅塞顿开　身轻如燕
一片落叶在耳际打转

原载《香港诗人》2021 年春季号

楼塔恋曲（组诗）

一、贺楼塔

——贺首届“浙江诗歌节”

暨庆祝中华人民共和国成立七十周年大型诗歌朗诵会成功举办

千年的楼塔古镇
千年的风霜雨雪
千年的养精蓄锐
今天终于　终于把铮亮的洲口溪
拉成一张满月的强弓
射出了　震撼江南大地的一支响箭
恰似　恰似　浙江诗歌的西昌　酒泉

从此　这一方夜空繁星闪烁
多想摘明亮的几颗　挂在窗前
多想在无塔的楼塔
建一座八面玲珑的空中圣塔
去摘文学皇冠上的明珠
在塔顶　塔檐　塔的每一个台阶
作恰如其分的镶嵌

从此　仙岩山上那片毛竹林
把连劈十八斧石缝咬得更紧
竹鞭上的芽儿萌动
舒展筋骨　气运丹田
千军万马蛰伏着　等待着
等待着来年春雷爆响
看雨后春笋　漫山遍野

从此　青砖黛瓦的古镇
唐代流出的那股清泉
穿过细十番五百年的缠绵　微波如织
穿过十碗头的原汁原味　滑出舌尖
从灵秀的楼塔　蔓延至浙江大地
更清澈见底　更甘甜生津
把诗歌的田野　一道道滋润　一遍遍浇灌

二、楼塔的月光

邂逅楼塔的月光
那是中秋节前　被晚风挽着的晚上
静静观摩　细细咀嚼
别样的舒心润肺　别样的缠绵悠长

楼塔的月光多么柔软
洲口溪这么个大弯
她也不动声色就绕了过去
把那一泓碧水　依依的垂柳　一股脑儿地拥入帏帐
这柔软　何等的优雅

那亭台楼阁飞檐　那洲口桥下的溪流雪亮

楼塔的月光多么浓郁
灌满了田野　山岙
凝固了古镇的大街小巷
古宅上密密麻麻的瓦片　全粘在了一起
秋虫在秋叶上漫步
身后拖着一道浓郁的光亮

楼塔的月光多么芬芳
秋夜里沉甸甸的稻谷　正美滋滋地独享
在这飘香的月色中
虔诚的拔节灌浆
丰收的喜悦与秋粮的香甜
悄悄地塞满了楼塔人的梦乡

忘不了楼塔的月光
潮水般淹没了古镇　淹没了山岗
淹没了　一大帮如期而至的山外来客
在这银色世界中　我们多想跃上月宫
在银河中荡起双桨
醉里梦里　畅游到天亮

三、一缕琴声

幽深的古宅　雕梁画栋
一方天井　囤积了千年的雨露
古镇的灵魂　在此修炼成精

一缕琴声　越过唐宋元明　掠过清朝

如此妙不可言
如此迷魂摄魄
荡漾开来　琼浆玉液已泛滥成灾
一大片游人　统统醉倒

天空的白云停止了脚步
树上的鸟儿停止了啼鸣
一只红蝴蝶　正劲舞翩翩
小妹妹啊　古筝的长度远远超过你的身高

十名选手　二十六条跑道
金雀正跳跃　骏马在奔跑
你的额头汗珠闪烁
夺冠的喜悦已上了眉梢

高山流水　吞云吐雾
一道彩虹架起了天桥
雪白的流泉　松石间铺开
缓缓地　轻轻地　一大片花儿开了

纤长灵巧的玉指正在拔节
大珠小珠　洒落珍珠多少
晶莹剔透　有谁带来了玉盘
多想多想　收藏这楼塔的古镇一宝

四、等　待

金秋的阳光
暖暖地洒在洲口溪上
形态各异的鹅卵石
仰望着天空　把各自往事回想

曾经是山峰尖尖的脑袋
那一年山摇地动　电闪雷鸣
不幸跌落山谷　身陷囹圄
望斗转星移　岁月悠长
全凭钢铁意志　全凭热血满腔
勇敢者在无数次厮杀中
遍体鳞伤　却初心不忘
懦弱者被碾成了细沙
悲歌一曲　流向江河　流向海洋

尽管岁月磨去了棱角
流水早已浇灭了火爆秉性
内心依然坚忍不拔
冠以鹅卵石之名的
都是千锤百炼中走来的英雄模样

一枚赤色鹅卵石早已搁浅
铮铮铁骨　炯炯目光
一枚洁白的鹅卵石依着溪流
那清泉　把婚纱披在她的肩上

虽然近在咫尺
却牵手比登天还难
等待　只有等待　咬得牙根儿痒痒
等待来年春风化雨　溪流咆哮
挽起你的手　一起走向婚礼殿堂

五、老墙的诉说

仙岩山坡的黄土
洲口溪中的鹅卵石
千百年前　我们怀揣着梦想
无怨无悔　紧紧地依偎在一起
感谢楼塔的先辈们
那夯板　那杵头
便是我俩的红娘
汗水与泪滴交织着混为了一体

不用山崩地裂的炸药
又不必待七天七夜的火窑
纵然没有岩石坚硬
也没有青砖那样整齐划一
只要我们情投意合　不离不弃
同样是古镇的骨骼　脊梁
同样的千年不败　迎来古镇新时代的繁华
那斑驳尽情绽放着　我俩的笑容　我俩的甜蜜

原载《楼塔诗韵》（首届“浙江诗歌节”作品选，浙江工商大学出版社2019年12月出版）

仰 望

月宫的桂树终被锯下一枝
是时候了，桂花的浓香塞满了人间
几朵云窃窃私语
秋风一怒，逃之夭夭

天空被打扫出久违的湛蓝
云儿瘦了，天越来越高
薄薄的沙滩云留给谁散步
天知道，大雁南迁千里迢迢

遥不可及的高处
领头的雁发出清脆的口令
你说是在强调步伐一致
我却听到，亲们请向身底下人们抛下微笑

大地在悄然演变
黄在蔓延，绿已无处可逃
仰望一字排开的雁阵
与谁心有灵犀，结伴同行真是太好

中秋月下钱江潮

中秋夜，10点光景，我们结束了在杭州西子湖畔的中秋赏月晚会，驾车回家，一路上月儿不肯西去陪我们东行，车在老沪杭公路上行驶，柏油路曲折迂回，两旁古树摇影，这是平原上难得的弯道，久违了！开车别有一番韵味，看看时刻正是看夜潮的好时分，两口子一合计，把小车开上了江堤……

这是一年中月儿最受宠的夜晚
亭亭玉立，高高在上
深邃的夜空没有一丝云彩
星儿哟！你为何躲向远方
把今晚的天空、把整个世界
让给了今晚的主角
——中秋满月
让我们尽情地沐浴
今晚如水似银的月光

巍巍江堤
似长城般坚固、似战士般顽强
守护着百里钱塘
任风驰雷鸣、惊涛骇浪

你岿然不动，固若金汤
如站台般宁静
等候着江潮专列
千年不变的一日两趟
举目远眺
浩浩大江在溶溶月色中流淌
江水哗哗作响
波涛中泛着银光
是那样依依不舍
又是那样匆匆忙忙
海风带着腥味儿
从东海里吹来
似海精灵的舌尖
把我们的肌肤舐逗
真的很凉
真的很爽
从未有过的麻痒
从未有过的舒畅

风儿吹来了潮水的声响
嗡嗡嗡嗡
那儿有群蜜蜂在唱?
轰轰轰轰
似列车奔驰在旷野的铁道线上
隆隆隆隆
似秋雷炸响在天水间的远方
循声凝望

朦胧中一条玉龙在江面上滚动、逆水西上

龙头正啃着坚硬的江堤
你听　把石塘咬得咯咯作响
龙尾正扫着对岸的堤上
你看　有人正在惊慌中躲藏
龙身正在江面上翻腾
那江水已悄然无声
任巨龙横江碎浪
那点点光亮
正是龙鳞儿闪着寒光

此情此景
惊呆了天上的明月
镇住了游人的目光
我多想把此刻凝固
惊心动魄
震撼苍茫
我多想把此景留住
无奈闪光灯无法将大江照亮
啊！中秋夜的潮儿
你真高、你真大
今晚的你真的很凶狂

高高明月照你西进
烈烈秋风催你狂奔
赶万马踏江水势不可挡

不知疲不觉累横推雪浪
江在翻滚、地在旋转
你是否感觉江堤在晃
扣人心弦的中秋夜潮
你哪来的翻江倒海之力量

眨眼间
潮头已西去
东来的海水猛涨
一条大江
波涛汹涌黑水茫茫
我问今夜的钱江
今夜的你
为谁痴情、为谁疯狂
为明月？
为秋风？
为游人？
还是为了今夜我俩上钱塘？

深秋磐安行（组诗）

一、磐安在召唤

金秋时节满眼里金光
一路向南　车轮滚滚
我们怀揣着秋之梦来了
磐安的山水　向我们召唤
触摸浙江大地的中心　我们一往情深

那连绵起伏的群山
是否已被红叶占领
那清澈晶亮的山泉
是否拨弄出清脆的琴声
那纵身一跃的飞瀑
抛下银珠无数　谁来收藏　何处寄存
那崎岖的山路　古老的村落
是否有似我们　远道而来的探山人

久居平原的人儿
总想窥视大山深处的胜境
舞龙峡　乌石村　孔下水

还有那未曾谋面磐安山里人
我们来了　来了一大拨
可否允许
在你的暗藏玄机的经络里行走
采撷你的原汁原味　你的古朴纯真

二、坚　守

这舞龙峡的艳遇
怎么能够让人轻易相信
来得如此突然
是意外外的意外
还是冥冥中的安排
我揉了揉干涩的眼睛
啊！你似一把利剑
直捣我的心灵

你的身高长得如此缓慢
你的腰杆不曾壮硕　还累累伤痕
一条微小的石缝
是飞鸟　是狂风
还是仙人的信手拈来
注定了你的今世今生
玄武岩黝黑的乳汁
喂养出悬崖峭壁上的展翅精灵

数不清的日出日落

熬过了多少日晒雨淋
秋意渐浓　黄叶纷飞
接下来的日子将更加严峻
你牙关咬得咯咯作响
你的脚筋一阵阵抽紧
已做好了拼死一搏的准备
来年的万紫千红春色里
依然有你的英姿与笑声

在你面前　我自惭形秽
我给你盈盈泪光
你却给我顽强精神
忘不了今日峡谷里栈道上的邂逅
不能陪伴在你的左右
心中已刻下了你的身影
还有你的叮咛　在耳边响起
坚守　只有坚守
才能迸发出亮丽的人生

生命之花

深秋里栈道上与你相逢
是今生的安排　还是前世的约定
你似山谷中温柔的闪电
不偏不倚　击中我身

是谁把坚硬的岩石劈开
又是谁把苦命的种子塞进
见不到温暖的阳光
也没有土壤可发芽生根

这个世界对你不公
你却没有消沉绝望　愤愤不平
选择了忍受　学会了坚守
精诚所至金石为开　只待良辰

沉睡的大山被你悄悄唤醒
集四季的雨露把你滋润
冰冷的玄武岩被你感动
吐出暖胸中黝黑的乳汁　输给你养分

你的出生是奇迹中的奇迹
你的成长更是精英中的精英
你身手不凡　独臂施展
你吃力地撑起一方绿荫

我知道你历史久远
还知道你年纪尚轻
你的身材谈不上硕壮伟岸
你的精神却感动着人心

什么是顽强　什么是拼搏
在你面前我得到了最好的验证
生命之花　长开不败
磨难中才能迸发出亮丽的人生

玉山古茶场

若是我早来一千年
这千年前的热闹场面
繁华的茶叶集散地　人来人往
我一定一一记录在案

记下这座茶神庙　青烟缭绕
道家许逊　茶农的顶礼膜拜
香客们虔诚的目光　以及
交领的长袍　大袖的衣衫

记下这座茶市场　商贾云集
秤杆横　算盘响　茶包成山
掌柜的神采奕奕　趾高气扬
伙计们鞍前马后　手忙脚乱

记下这巡查司　神气活现
谁敢懈怠　这里的最高长官
头戴长翅帽　招摇过市
官腔十足　油头粉面

莫道这里崇山峻岭
南宋皇城　却并不遥远
玉山的茶香　飘去千万里
马塘古道上步步艰难　初心不改

远去了　运茶马帮疲惫的背影
那沉重的马蹄声　还在山谷中盘旋
磐安的高山云雾　哺育的好茶
历史的尘埃　一层层被轻轻地剥开

石板古道的苔藓生生不息
多少回改朝换代　你却容颜不变
沉淀了千年的浙中名茶　忧郁的沉香
翻过了马头墙　却被秋风吹在大地上晾晒

乌石成金

不知是玄武家族的第几代子孙
黑不溜秋的孩子们啊
千百载执着死守
在这大山之巅　浙地中心

参天的香枫树　矢志不渝
愿为你　做数百年的陪衬
你为人们遮风挡雨
奉献着亘古不变的忠诚

乌石垒成的墙　千年不败
初看杂乱无章　形态各异
细观却是紧密无间　彼此咬定
笑迎风雨交加　何惧火燎烟熏

乌石铺就的路面　油光发亮
纵然大小不一　却都落地生根
零乱缤纷中　却又排列有序
配合默契　巧夺天工的光滑平整

天然氧吧　避暑胜地
磐安人把亮丽名片举过头顶
昔日的穷乡僻壤
一方奇特宝地　一切浑然天成
华丽转身　已成为养生天堂
留住了四方宾朋　留住了财源滚滚

见惯了山岙中的小村寨
住惯了溪水旁的度假村
乌石垒成的村庄啊　你却在山顶
乌石村的祖先们　与众不同
一反常态的胆识　令世人震惊

你独树一帜　我们仰望已久
山道弯弯　满眼的亮丽美景
新时代春风　抚摸着青山秀水
世外桃源般的小山村　人头攒动
传唱的那一曲　正是《乌石成金》

乌石村

大江的入海处建港口
大江的转弯处建城市
大河小河的交会处是县城
宁静的湖泊旁有乡镇

弯弯曲曲的小溪边
布满了依山傍水的小乡村
磐安的乌石村啊
却偏偏选择了大山顶

山峦起伏　山路崎岖
真服了　胆识非凡的乌石村先民们
与移山的愚公　思路迥然不同
却同样有着　改天换地的壮志豪情

岭上栽茶苗　坡上修梯田
黝黑的玄武岩是村庄独特的风景
尽管大小不一　配合默契垒高墙
无比的坚固　光滑又平整

大街小巷　全是你的天地
乌黑发亮　呈现出铁骨铮铮
形态各异　总把最平的一面奉献
无怨无悔　默默地落地生根

你赤身裸体　不披一丁点衣衫
多少风雨吹打　对你只是抓抓痒痒
电闪雷鸣　帮你松一下筋骨
多少个寒来暑往　你宝刀未老　永葆青春

这里天然氧吧　这里冬暖夏凉
成千上万的城里人涌来度假养生
农家乐　土特产　现代化的民宿
磐安的一张亮丽名片　已向全世界发出邀请

穿过了你的心脏

来到你的面前
我俨然成了学龄前小孩
日出日落　风霜雨雪
七千多个月缺月圆
多少辈爷爷的爷爷已经作古
多少代孙子的孙子都已不在
你的果子喂养了一方生灵
你的后代已漫山遍野

是树大招风　还是有人暗算
是遭人妒忌　还是雷公脑子进水
借着天低云暗乌云密布
把你的高大身体活生生劈开
只剩下残肢树皮
你坚忍不拔地活了下来
今天你依然枝繁叶茂
今天你依然硕果累累
六百岁的香榧树啊
我穿过了你的心脏
能否赠我坚强无比　浑身是胆

牵　手

深秋里来到你们的面前
你们端上了扑鼻的温暖
千万年的牵手　不离不弃
千万年的恩爱　仍活力四射

两条亘古不变的白练
十指相扣　已成血脉相连
晶莹剔透　冰清玉洁
含情脉脉　四目相对

手挽着手　肩并着肩
厮守在青山绿水间
时而欢言笑语
时而又紧紧依偎

那黝黑的袒露的岩石
定是他宽阔的晒黑了的胸膛后背
那潭上升起的袅袅白雾
定是她洁白的婚纱　长裙翩翩

满山的青草　悄悄地枯萎
黄叶纷飞　点亮了秋天
风云变幻　暑寒交替
你们的爱　忠贞不渝　笑傲苍天

晶亮的水珠梳理着人们的思绪
哗哗的水声　是那谆谆的教诲
亲们　牵手了再也不要分开
恩爱到白头　天长地久福满人间

横路村上二胡声

乌石铺就的古道
伸向那草木深处
伸向那遥远的年代
古道横穿过的那个村落
横路村的来历就这么简单

见惯了商帮们的长袍短褂
听惯了骡马队的吆喝响鞭
古道的兴衰　朝代的更替
历史在乌黑的石板下默默沉淀

乌石垒起的房屋　依山而筑
阴暗潮湿却又寓意吉祥
弯曲的梁柱不堪重负
诉说着山里人岁月的艰难

沙哑的二胡琴声在颤抖
忧伤的曲调从遥远的秦汉传来
老人扶琴　从石屋中移步门外
把那断肠的故事在古道边晾晒

山中老人纯粹是自娱自乐
粗糙的手指无法与无锡的阿炳比肩
若是在名师指点下操练数月
那一曲孟姜女调　会让人泪流满面

接过老人那简陋的二胡
多想把古老的曲调在山村弥漫
装模作样　煞有介事
大脑是一片空白　琴声也断断续续

不羡慕高楼大厦车水马龙
偏爱这古道石屋古今贯串
山村老者慈善的目光
牵二胡的琴声常在心头盘旋

秋雨的叮咛

缠人的江南秋雨
不合时宜向你靠近
她有她的苦衷
她有她的隐情
既然挥之不去
干脆与她相拥相吻

当你在疲惫中找到安宁
当你在混沌中慢慢澄清
她正对你窃窃耳语
秋风将从秋梦中渐渐苏醒

给你送来
大雁南飞最美的秋色
给你呈上
中秋夜　碧空如洗片片彩云
天上月圆人团圆
你相依相偎的
是哪位佳人

当耀眼的菊花盛开
当桂花的香气袭人
当中秋满月冉冉升起
当银辉下摆上美酒月饼

你一定会　一定会
怀念她烟雨中肌肤的体温
回味她捉摸不透的淡雅幽香
留恋与她交融的美妙时分

汾湖的秋天（组诗）

一、抗战纪念馆

汾湖岸杨柳依依
汾湖水风平浪静
踏进汾湖抗战纪念馆
残垣断壁的场景　把神经扣紧

忘不了那年那月
日寇占我江南　这一带鸡犬不宁
那天田团长率军在汾河设伏
将日军运粮船狠揍了一顿

你在明处　我在暗处
枪炮齐鸣我军便旗开得胜
一场激战日本兵伤亡过半
丢盔弃甲　狼狈地逃往县城

第二天日本兵试图报复
结集重兵卷土重来
扑空之敌气急败坏

便放火杀人

三光政策是他们的惯用伎俩
三天三夜的浓烟　犯下累累暴行
尤家港村房屋被全部烧光
守家的老人小孩　惨死在自己家门

逃难返乡村民无家可归
只有在废墟上搭草棚栖身
满目疮痍　血泪斑斑
咬牙切齿　催男儿奔耕从军

尽管强盗最后是战败投降
尽管曾经的硝烟早已散尽
国仇家恨　刻骨之痛
不忘国耻　我们当警钟长鸣

二、致云台寺银杏树

我在探索长寿之道
仰望着云台禅寺银杏树的伟岸
承七百多载阳光雨露
绿叶丛中的圆润　诱人的硕果累累

遥远的元朝初年
小庵院新建　小树苗初栽
慈祥的菩萨　虔诚的施主

斗转星移　香火几度熄灭几度复燃

多少代僧人给你诵读经文
你默默地聆听　静静地修炼
你为寺庙撑起一把大伞
遮风挡雨　守候菩萨护佑罗汉

神灵驻心中　挺拔在汾湖南岸
饮风霜与雨雪　似已得道成仙
留不住　锦绣江南春绿秋黄
远去了　悠悠水乡渔歌唱晚

五个朝代　汾湖水叠波浪千卷
你结下果实万斤　育数不清的后代
博大的胸襟倾尽所有
接济过多少回天灾人祸　兵荒马乱

你步履蹒跚历尽磨难　仍英姿勃勃
寻不见一丝苍老的白发
我问你　长生不老的秘诀
风在吟　积善行德慈悲为怀

三、汾湖之箭

一条长堤　一湾绿水
白鹭鸟在低空飞翔
更有一大片荷叶摇曳　妖艳欲滴

那摄人魂魄的荷花
已蜕变成肥大厚实的莲蓬
莲子儿鲜嫩而又饱满
我们已偷偷剥开品尝
睡在水面上南湖菱藤
母鸡孵小鸡似的守护着鲜美菱角
还有那贴岸的　弯着腰的芦苇
绿叶儿沙沙作响
此刻，汾湖水平静如镜
一阵微风，正抚摸一丛细浪
秋色中的汾湖美不胜收
国家级水上训练中心，梧桐栖凤凰

一支两头尖尖的长箭
贴着水面飞来
后面还有一支，又是一支
没有编队，无人喝彩
只有那有力的臂膀，油光发亮
划开一道道水痕，
不惊波澜，利刃好钢
铁骨铮铮，矫健的身姿
一松一紧，那鱼翅般的双桨
迎战迫在眉睫的杭州亚运
汾湖的高光时分
强弓已拉开，箭已在弦上

四、窑墩旧梦

说你遥远也不见得遥远
三四十年前你悄然退出了舞台
游汾湖畔姚窑展览厅
一幕幕往事　任汾湖水迎面载来

圆圆的土包二三丈高
黑黑的烟囱　吐着缓缓的烟
及时加水　土包上长满青草与灌木
黑不溜秋的窑墩啊　已上了年岁

土窑墩烧的是柴火
叠的是手工制出来的砖瓦泥坯
七天七夜窑芯里熊熊烈火
泥坯啊　脱胎换骨变成青瓦青砖

最是辛苦制坯工
曾记那时大都是女孩
方格子的土布上衣
沾满了泥土　浸透了汗水

明亮的双眸　青春在闪烁
草帽压着齐刷刷的刘海
飞燕般的身姿　穿梭在晾坯场上
起早贪黑　掼出砖坯成百上千

光着脚丫踩泥的男子
或丈夫或兄弟把黏土揉软
一块石板一只矮凳
一担担一坨坨堆成小山

一只硬木坯匣　一架钢丝竹弓
当双手把干泥高高举起掼下
啪的一声　竹弓顺势一刮
便是那零点几分的血汗

那门千百年传下的手艺
那个还是纯手工的年代
掼坯声里讨生计　养家糊口
垒砖墙　住瓦房　也是当年崇高的期盼

今晚的风　今晚的云

——中秋夜抒怀

举首东望　如期而至
一年中最美的月亮
是否怕亿万目光把你灼伤
羞答答披一件彩衣出门

中秋夜的风　真是凉爽
盛夏拖沓至今的余热一扫而尽
是否吹得有点烈
吹灭了灯火　吹落了星星

中秋夜的云　无限缠绵
万里长空深蓝　如追逐　似牵引
一忽儿彩云追月
一忽儿月又穿过彩云

共拥一轮中秋明月
银辉下　几多欢聚　几多伶仃
几多合家团圆　赏月饼品美酒
几多形单影只　千里相思泪满襟

我把天上月儿作明镜
千里之外的人儿细寻觅
请你抬头望一眼
相逢在镜中　天涯沦落人

你沐月光　腮边有泪
扯一片薄云给你擦干净
我在望月　心潮起伏
让远来的秋风把浪涛抚平

今晚的风　今晚的云
今晚的明月　最能安抚孤独心
仰望夜空　甘露徐徐下
谁愿与我　一道陪月西行到天明

冬

风从哪里来

初冬心事

暖阳懒懒地打量树梢
忽然围着一片黄叶打转
风不知该朝哪个方向去
把叶儿里外舔了个遍

是时候了
该来的终究会到来
已准备良久
来一场旷世的飞行吧

都说归根最好
可叶儿真不愿如此凋谢
想随寒水飘零
载过落花的流波
是否能酿一个春梦
与曾经的花仙子同眠

原载《草堂》2022年第12卷

残　荷

也曾是莲叶碧连天
晶亮的珍珠滚动在心间
也曾是花儿别样红
如织的游人，多少颗心儿熏醉

也曾是观音大士的宝座
超凡脱俗，出淤泥而一尘不染
也曾把整个夏季撼动
送出的凉爽，与人间，乃仙界

风霜雨雪拦不住
褪去了浓妆竟如此肃杀
骨瘦如柴，枯枝败叶
盛极必衰便是一个轮回

是前奏还是结局
一潭寂寞　倒映忧伤无限
过眼烟云　打包后珍藏
一场视觉的盛宴交替着悲欢

水面的，表面的，竟然一半复一半
洁白的，饱满的，默默深埋无怨言
只要你肯把身子弯下
捧出的莲藕是最终的告白

芦花吟（组诗）

一、致芦花

小船儿弯弯
悄悄地离开了河岸
弥天大谎般的晨雾啊
你从哪里来

填满了崎岖的山谷
紧锁了宁静的河面
周遭白茫茫
你在笑话我　该往哪儿钻

那丛弯着腰的芦苇
那丛挂满泪珠的芦苇
你在默默为我送行
你愁肠千结　情深似海

为了这一刻
你从嫩芽拔节
到如今满头白发

此情此景　已烙在心间

轻轻地祈祷
切切地期盼
风儿　风儿　吹过来
艳阳高照　云开雾散

岸上的芦苇花
你一定会直起身子
我向你挥手作别
你回我灿烂笑颜

摇橹　撑杆
碧波荡漾　浪花飞溅
纯情洁白的芦苇花啊
久久的　久久的
在我心头徘徊

二、不忍看　满眼摇曳的芦花

凝望秋风中的芦苇
泪水模糊了双眼
夕阳下静静流淌的波光
又一次把我尘封的往事载来

也是一个芦花飞扬的季节
远方的表叔第一次来到水乡江南

独自钻进　秋色中芦苇荡
为了寻觅　你梦中的芦花仙子
神魂颠倒　误入深水
生命永远定格在　情窦初开的少年

我们在水边长大的孩子
都知道绿眉毛的水怪　长舌头的水鬼
我那慈眉善目的爷爷
为什么偏要讲芦花仙子的传说

不然　不然　掐指一算
我那英俊帅气的表叔
也过了花甲之年
你的青丝也会似芦花般花白

不忍看　满眼摇曳的芦花
怕是我的表叔　踏水归来

三、我在芦花丛中等你

秋风吹遍了万水千山
拂去了深绿　抹上了金黄
那片纯情洁白的芦花
正为我悄悄地飞扬

曾记得你视频里的美景
一望无际的碧绿芦苇

在春风里招手　油光闪亮
远在天边的人儿
垂涎欲滴　欣喜若狂

还有那野鸭子腾飞
留在湖面上的一串脚印
至今还在我的心海里
一圈圈荡漾

你说的芦苇花盛开
是天底下最美的风光
我们一起用金色的芦苇
编织心中最美的梦想

从此少女的芳心
魂牵梦萦在江南水乡
从此春天里的约定
成了我秋季里
日夜张望的方向

让洁白的芦花
见证我们的彼此忠诚
让我们初次相拥
选择温馨浪漫的芦苇荡

金黄的芦苇秆
围起我们洞房的罗帐

软软的芦苇叶
正散发着诱人的芬芳

一切都准备就绪
就等我的帅哥情郎
望穿秋水　你在哪里
托不住一寸寸落下的夕阳

多想　多想
依偎在你温暖的怀里
我就是世上最幸福的新娘

四、多想听　芦苇荡鹁鸪鸟的对唱

洁白的芦花在风中飞扬
一对鹁鸪鸟正亮喉对唱
徜徉在这秋意浓重的画卷里
和着美妙音乐
情不自禁　心神荡漾

咕咕咕　咕咕咕
遥相呼应　此起彼伏
情真意笃　婉转悠扬
咕咕咕……咕　咕咕咕……咕
一唱一和　一问一答
此情缠绵　耳熟能详

说不完的问候关爱
道不尽的情深意长
既让人心静如水
又让人顿生惆怅
拨动心弦的天籁
不经意间　点亮了一方水乡

突然　突然
一声沉闷的枪声
大自然和谐的乐章戛然而止
可怜的秋之精灵折断了翅膀
扑棱棱应声落地
黑白相间的羽毛
在芦苇丛中飘荡

芦苇花在秋风中苦苦挣扎
别样的萧瑟　别样的凄凉
偌大的芦苇荡死一般寂寥
天低云暗　日月无光

那一夜的黑　无边无际
那一夜的雨　流泪到天亮
谁在辗转难眠
谁又寸断肝肠

半夜三更
记不起是真实　还是梦境

我听到了她揪心的啼唱
咕咕　咕咕
形单影只　泣不成声
一声声带血的呼唤
在阴森森的夜空中回荡

秋雨在秋风中洒落
愁云满天　举目苍凉
多想看　洁白的芦苇花轻轻招展
多想听　芦苇荡鹁鸪鸟的对唱

五、今晚　你离我很近

芦苇花白了
是最想你的时分
中秋的月儿圆了
望眼欲穿　心上的亲人

本应与你相拥
本该与你亲吻
聆听你怦怦的心跳
感受你纤弱的体温

无奈千里迢迢
心儿起飞　身儿却未能成行
仍然天各一方
形单影只　冷冷清清

多谢吴刚　捧出了珍贵的银盘
多谢嫦娥　擦亮了天宫的明镜
我在触手可及的明月中
看到了你　飘逸的身影

冰肌玉骨　广袖长裙
淡雅素颜　泪眼盈盈
你的马尾辫
依然如芦花般摇摆不定

不要错过这良辰美景
也请你凝望这圆圆的明镜
家乡芦苇花正在盛开
等你回眸一笑
定然是中秋夜最美的风景

今晚　月儿圆圆　月儿明
今晚　你离我很近　很近

冬天里寻找冬天

我在冬天里寻找冬天
我在严寒中企盼严寒
久违了，从骨髓抽出的丝丝冰凉
血液缓流，心跳随之放慢

我渴望那冰冻三尺
像暴风雨中的海燕，渴望着巨浪滔天
大地坚硬　牙齿磨出火花
呵一口气，凝成浓霜一片

我渴望那雪花飞舞
天下一条银被，抹平了沟沟坎坎
来时的路不翼而飞
够了，无与伦比的白与纯洁的爱恋

冬天，该像个冬天的样子
寒冷，冷他个冰窟窿朝天
愿刺骨的寒风，娇嫩一寸寸刮去
愿皑皑的白雪，送来一个清静世界

在冬天温暖的阳光里

小时候
温暖是在廊沿的长板凳上
红苹果似的小脸
齐刷刷向着太阳
小伙伴在挤啊挤
挤走寒冷
也挤走了快乐的童年时光

长大了
温暖是在广阔的田野上
挥舞锄头　开沟翻土
虽然微汗熏背
虽然哈气成霜
冬天的太阳普照大地
心头掠过了温馨与舒畅

后来呀
温暖是在金色的沙滩上
海水碧蓝　浪花雪白
漫步在这靠近赤道的海滨浴场

戏水冲浪　仰天畅想
生活原来可以换一个模样

而现在
温暖是在办公室的落地窗旁
冬天的阳光灌满了屋子
沏一壶红茶　打开了音响
心如静水　慢慢品味
这一路走来的辛酸过往

江南雪（组诗）

飞雪梅影

谁在搅动这混沌乾坤
洋洋洒洒　独霸天下
多想抡两柄板斧
开天辟地　把宇宙澄清

一片片绒花　翻飞在你的头顶
铮铮铁骨　拨弄出天籁
花蕾　正心跳加速
蹦出来咯咯的笑声
在这横飞　狂野的时刻
和着激昂的旋律
春梦开始发芽拔节
枝头泛起少女的红晕

冰清玉润　拨亮了我的眼睛
无须蜂蝶缠绵
无须绿叶陪衬
漫天飞雪的大幕下

你我的灵魂一起绽放
合唱一曲　白茫茫大地好干净

谁在搅动这混沌乾坤
洋洋洒洒中舞姿轻盈
多想借两柄板斧
开天辟地　做一回时代精英

一片片绒花　围着你起舞
铮铮铁骨　拨弄着琴弦声声
一颗颗花蕾梦呓什么
听到了你心跳
缕缕青丝　染成了白发
一缕热雾升起
是你一年中最美的身影

是否梦在悄悄发芽？
是否情在默默生根？

那丛蜡梅在

漫天飞雪

看漫天飞雪
驻足在高楼窗台
来自北国的天使
狂野的舞姿

把江南的窈窕淑女惊悚
把阳刚男儿的心绪搅乱

是谁与你共舞
翻滚天地间
原来　原来
你如此奋力
只为叠一条普天下的被褥
今夜同眠，将不胜温暖

迎雪花

最爱你的横飞狂野
最爱你的轻盈妩媚
江南飞雪
在人们的企盼中
与其说你姗姗来迟
不如夸你如期归来

灰蒙蒙的天空中
竟诞生出你如此的娇嫩洁白
天花烂漫　盛情一片
你天使般撒爱于人间
我无所适从
神情恍惚犹如梦中徘徊

张开了双臂将你拥抱

不料你奋不顾身扑向大地
为萧瑟的江南
盖上了厚厚的棉被
我渐渐地感受到你的温暖

伸长了舌头将你品尝
清凉爽滑后
又回味出母乳般甘甜
琼浆玉液啊　滋润心肺
顷刻已将我的灵魂陶醉

雪在悄悄下
天下一片白
安静得不能再安静
圣洁得不能再圣洁
大地已是镜子一面
在你面前
我是多么的微乎其微
我是多么的污浊不堪

望　雪

一样的飞雪
一样的美景
不一样的人群
不一样的心境

你望着洋洋洒洒的天空
飞雪啊
你的舞姿　这般优美狂野
却如此轻盈　落地无声

我望着大雪压弯了小树
飞雪啊
你慢慢下　我心已不堪重负
最怕最怕　折断了幼小生命

他望着冰雪覆盖的路面
飞雪啊
你停一停　千山万水路漫漫
何日才能　迈进家门团聚双亲

雪在悄悄下

雪在悄悄下
谁在悉数听
一群叫喳喳的小麻雀
雪水润喉你好开心
可思乎
转眼纯白统领天下
明日早餐你哪里去寻觅

雪在悄悄下
谁在悉数听

一堆零乱的银杏叶
繁华落尽墙角度余生
何处归
片片碎银终将金币珍藏
如此安息　不枉这一生

雪在悄悄下
谁在悉数听
田野上的麦苗儿
寒风瑟瑟　脖子矮三分
天助也
漫天飞雪叠下厚厚被
大地母亲怀中真的好温馨

雪在悄悄下
谁在悉数听
庭院中的蜡梅花
铮铮铁骨　摇曳寒风已久等
喜今日
纷纷扬扬　且为君漫舞
含苞绽放　吐露你一片深情

雪在悄悄下
我在悉数听
一壶热茶焐在手
周身暖流　怎的又冒出了寒冷
品人生

春花秋月　已是过眼云烟
这洁白无瑕　进驻我的心灵好纯净

阳光白雪是最美的风景

从未遇到过如此的刺目耀眼
是阳光普照在雪后初晴
白雪皑皑　冰凉中珍藏着温暖
大地刚睡了一会儿
请不要将他吵醒

无边无际的白
统一了天下
人世间从未有过
如此的包容　又如此的干净
多想与你默默地相守
哪怕是春天的脚步不再前行

崭新的世界让我眼前一亮
别样的静谧　别样的清新
谁在窥视　谁在聆听
洁白如玉　晶莹剔透
真想把你珍藏一生

阳光　白雪
一个炽烈　一个安静
一个温暖　一个冰冷

知道你们是冤家一对
多想你们久久相伴
在一起却是最美的风景

山

风 从 哪 里 来

夜宿高坪村

寄宿在陌生的小山村
初冬夜这里已寒气袭人
我不甘寂寞
独步在青山殿水库铁索桥上
孤身只影　冷冷清清

仰望一弯冷月
聆听山野无声
细细品味这大山深处
深不可测的　凝固了的宁静

晴朗深邃的夜空
星星似在颤抖
又似山里娃的小眼睛
打量着我　不速的山外人

群山环抱这一平如镜的湖面
淡淡的水雾缥缈浮动
似水仙子溢露的深情
我愿她悄然升腾

化作彩云去追西移明月
顺便抚慰那寂寥的星辰

微风轻拂　湖面细波似织
揉碎了水中明月
心痛这闪光银链浮又沉
掩藏了点点星光
不知此水有多凉　有多深

月光下的山村夜景
银辉中的湖光潋滟
深深地印在我心间
是这似梦幻般的山水仙境

原载《中国诗人》2017 年第 6 期

谁把天平山红叶点燃

初冬把晨雾轻轻剥开
潜入太湖北岸的山峦
除却浓妆，亢奋迎对
一拨又一拨游人　倾斜了
容颜在人的天平

红霞，在无边的伸展
又在挑逗无数的眼光
枫林丛中，一抬头
大海息风了，瞧那些踏浪归来的人
一凝目，恍若随你
穿越千年

一团烈火
是枫叶把寒风挡在园外
转身又把冬日的波光揉暖
范文正公捋须在笑
北宋的风　哺化出一方嶙峋怪石
正把满山红叶点燃

原载《绿风》2021 年第 2 期

磐安十八涡

浙地中心最高处
被一把不甚锋利的斧子
狠狠地劈开
那裂缝曲曲弯弯　纵然大小不一
却是深浅有序

云遮雾盖下　谁把琴弦调拨
十八度的音符
一涡紧扣一涡
十八涡谱写的三支乐章
堂而皇之地把碧水染蓝
晶莹的山泉
三江之源
从此在浙江大地
多了三条江河

秋风在山峡中打转
陪秋水翻过一坎又一坎
凌空的栈道上有人驻足
那晶亮的眼光

抚摸着潭中甘甜生津的波澜
那竖直的耳朵
被十八涡的天籁灌醉

原载《品位·浙江诗人》2020 年春季特刊

喊　山

一声呐喊　在群山中奔跑
奔跑累了　就展翅飞翔
从未有过的疯狂　肆无忌惮的释放

多想把秋风吓退
让那青翠碧绿泛滥成灾　铺向远方
树木与小草　还有些叫不出名来的野花
一定会欢歌雀跃　欣喜若狂

多想把云层推开
让深秋的阳光直泻谷底山岗
暖暖的　满眼的艳红与金黄
多想把山泉拥抱
让那雪亮瀑布把山歌唱得更响
把那散了的　数不清的珍珠
串成一道彩虹　装点龙的故乡

多想把大山唤醒
汇成一片金色的海洋
一声呐喊　在我们心头久久回荡

忘却了白发悄悄染两鬓
岁月无情

原载《品位·浙江诗人》2020年春季特刊

为黄山迎客松题照

为了这响亮的中国名片
我在这里一站就是千年
黄山风不分酷暑严冬
理个短平头四季不变
山岗云海　波涛汹涌
溅得我满身鱼鳞不曾干
迎旭日　送晚霞
一万五千个月缺月圆
客来此　玉屏楼
总爱与我合影留念
松针扎人　石乱崖险
却为何偏偏挨在我跟前
题千言　颂万语
我手臂弯了你可曾心酸
照我铮铮铁骨叶儿葱郁
不是夕阳　是你的爱

山风中的行吟（组诗）

山风中的行吟

箬寮山谷中的山风
只有纵向地来回
没有横向地吹

瀑布的纵身一跃
白练一道　飘逸洒脱

而参天古树上的雨珠
滴落在箬叶的碧绿上
一颗颗地璀璨

你在林中穿越
不带走一片落叶
把湿漉漉的树干悄悄擦干

你在半山腰哈气一口
轻轻的　慢悠悠的
浮出洁白的云朵一团

泉水叮咚在欢快地歌唱
那合句合拍的伴奏
全仗你音乐大师
拨动的那根和弦

箬寮谷的山风
从原始的远古奔来
在我心灵深处的洋面上
正鼓起诗潮的风帆

石人矶

从未经历过如此惊恐的凉爽
是那天来到曾磨刀霍霍的山岗
是啊！传说中的杀人矶
松涛怒吼　夹着世纪外的哀号
箬寮的大风　穿透了我的胸膛

阴森的悬崖边
我们怎的毛发倒立
树丛中的三个小石人
又在偷偷张望

是历史还是传说？
挥之不去的还是人心惶惶
愿这崇山峻岭中的“石人矶”
散尽一百多年前血雨腥风

巨人般　披上温暖和煦的阳光

依水而居

大江大河　一座城池依水而居
小江小河　一个镇子依水而居
平静的港湾　一个村子依水而居
明亮的箬寮溪畔　一间民宿依水而居

带着箬叶清香的溪流
是箬寮山母亲的甘甜乳汁
白花花　浓香四溢
这间民宿　撒着娇　吮吸着
依偎在母亲温暖的怀里

黄墙黛瓦　树梁木梯
炊烟袅袅　夹着农家土菜的香气
入夜　流水演奏的催眠曲引你入梦
这正是箬寮风情的原汁原味

水上茶园

一汪如镜的静谧
暗藏你欲动的波纹
水中的大树，抱团着
穿越你脚下岩石的根

远山耸立，沉默无声
却怎的悄悄地吐雾吞云
层层叠叠之上
碧绿的茶园　清香徐来
醉了对岸人

我站在高高山顶

我站在高高山顶
一伸手就能摘下一朵白云

我站在高高山顶
听得清星星们细语的声音

我站在高高山顶
第一个迎接曙光和黎明

只因超过了最高的山巅
风雨雷电都视我为眼中坚钉
我几番跌倒又几番爬起
最终还是迎着风雨奋力站定

只因我赤身裸体毫无遮掩
寒流袭来无处藏匿
黄叶四散秃枝颤抖
是何等凄凉我却把牙关咬紧

只因我敞开胸怀心无城府

炎炎赤日炙烤着我后背前胸
多少个酷暑盛夏焦渴难当
眼看山泉长流却不能痛饮……

我只需稍稍站低几步
风雨雷电便会从头顶滑过
拱手为我送来一生的太平

我只需稍稍站低几步
凌厉的寒风就会高抬贵手
再施舍我几缕暖阳如春

我只需稍稍站低几步
盛夏酷暑也有为我打伞的彩云
雨后碧空还有那阵阵凉风轻拂我身

我依然站在高高的山顶
用铮铮铁骨直刺苍穹
任罡风把惊慌的流岚扫平

我依然站在高高的山顶
忍受煎熬只为濯洗征尘
送走炎炎夏日迎候人生甘霖

我依然站在高高的山顶
为采摘蓝天第一朵白云
为修补月缺让万家团圆

为迎接每一个灿烂的黎明

我是爱，为岩石撑开绿茵
我是色彩，给世界营造风景
我是胆，为弱小树立榜样
我是战士，固守自己的天空、艰难的阵营

我铁定了一颗献身的恒心
永不退却，终生站在高高的山顶！

三台山森林公园

从未经历过如此透心的凉爽
是在三台山森林公园的小火车上
寒风凛冽　扑面而来
兄弟姐妹们
仍然欢言笑语　一路欢畅

骆马湖畔的三台山
张果老的传说源远流长
7340 厘米的海拔
12.7 平方公里的总量
说是山路蜿蜒起伏
却倒也平坦宽敞
两旁丛林茂密树种繁多
分不清它们来自南方北方

艳丽的红枫
鲜红得让人怦然心动
久违了的柏子树
这是一年中最美的时光
洁白的柏子

似雪梅般倾尽绽放
挺拔的银杏树
一身金黄色的叶子
在风中沙沙作响煞是漂亮
还有很多种叫不出名的乔木
看似群爪乱舞
却是寂寞惆怅
树叶落尽
在苦苦的煎熬中消磨时光

冬游三台山森林公园
沐浴着冬日里缕缕阳光
凉爽过后的那股暖流
已让我们的心窝发烫

龙　潭

井冈山的心窝里
五道瀑布相连　五条巨龙嬉水
以往观山涧瀑布　都是由下而上攀登
来龙潭你便是长空的雄鹰
一反常态换成了由上而下的探头俯瞰
像极了一口天然巨井　一个绿色大坑
悬崖峭壁　百丈深渊
冬暖夏凉　一个无田可耕的世外桃源

三百多米的落差
洁白的山泉连跳五级　精神抖擞　不知疲惫
在谷底仰望山顶
一抬头　青、黄、赤、黑、白
五道龙瀑　同台亮相　姿态各异醉了双眼

第一道　青龙瀑
一条青龙从山洞钻出
67 米的山崖　眼也不眨
轻松一跃化作了偌大的碧玉
翠绿的碧玉潭令人眼馋

第二道　黄龙瀑
一条黄龙张牙舞爪
穿过丛林　攀过岩崖
云里雾里　神出鬼没
落入锁龙潭　却安静了不再动弹

第三道　赤龙瀑
一条赤龙从杜鹃花头顶飞出
挟着花红　裹着花香　手舞足蹈
扑哧哧喷出满天珍珠
齐刷刷把珍珠潭盛满

第四道　黑龙瀑
一条黑龙猛兽般窜下
全身的鳞片　寒光闪闪
跃入飞凤潭不见了踪影
一圈圈波纹拍打着黑黝黝的山岩

第五道　白龙瀑
从飞凤潭钻出来一条白龙
化作着连衣裙的少女　飘飘欲仙
你停了脚步　她回头张望
仙女潭啊　仙女们羞答答掩面归来

五条龙飞流直下
有龙在五个潭紫气升腾
万绿丛中　杜鹃花在摇曳
井冈山的映山红　在我心头盛开

水

风 从 哪 里 来

三看钱江

大缺口碰头潮

浩浩一大江
流淌千顷浪
东去入海心不甘
挽起大潮卷钱塘

东潮奔腾急
南潮浩荡荡
江心碰头二蛟龙
翻江倒海惊苍黄

月月大潮猛
千载泪汪汪
百里江堤大缺口
人不慌张鬼慌张

岁月似江水
人间秋风凉
金色年华金色梦

心如钱江翻天浪

盐官一线潮

古塔江边立
铁牛卧堤旁
大江东去潮奔西
推起雪浪横断江

奔腾一路吼
万马驰疆场
一线潮头吞江水
咆哮汹涌逞猖狂

眨眼潮西去
后浪追前浪
江在翻腾地在转
千年古镇名远扬

人说水东流
这里潮西上
随波逐流怎甘休
轰轰烈烈搏一场

老盐仓回头潮

江道急转弯

潮头胆儿
粉身碎骨何所惧
浪潮成烟堤可晃

前峰攀堤难
后峰紧叠上
大浪滔滔水骤高
冲昏潮儿失方向

一潮向南去
顺江重掀浪
一潮回头起狂澜
茫茫东海是故乡

弯弯人生路
切莫太鲁莽
潮儿撞堤是壮观
征途碰壁莫彷徨

原载《上海诗报》

我爱上了一朵浪花

在岱山岛的日子里
我爱上了一朵浪花
你是那样的含情脉脉
你是那样的洁白无瑕

不管在昏黄的浊浪之上奔跑
还是在幽蓝的月光之下憩息
不管是躺在温柔的海湾沙滩
还是围绕着嶙峋的礁石海岬
不管海天一色　风平浪静
还是云暗天低　怒涛迸发

你的锃亮　你的雪白
你迷魂摄魄地回头一笑
把我的心肝掏空
多想　多想　被你活生生吞下

原载《品位·浙江诗人》2019 年第 1 期

那朵盛开的蓬莱莲花

海湾是母亲温暖的怀抱
她甘甜的乳汁　化作了洁白的浪花
潮涨潮落　是她在缓缓地呼吸
海风也在轻轻地呼唤你　妈妈

安静祥和　一方净土
在她的胸前多想睡上一觉
头枕波涛　仰望蓝天
让海浪为我盖上软软的金沙

海岬是父亲强有力的脊梁　臂膀
默默伸向大海　坚韧的龙爪
日晒雨淋　褐色的肌肤与骨骼
挡住了惊涛骇浪的　狂轰滥炸

坚如磐石　稳似泰山
在你撑起的羽翼下　潜移默化
海的儿女渐渐长成
学会了博爱　学会了拼杀

躺在大海宽阔的胸怀
那一层层推来的洁白
如虔诚的朝拜者
簇拥着那一朵盛开的蓬莱莲花
又如风浪中长大的孩子们
围绕着　勇敢的爸爸　慈爱的妈妈

原载《大海》2018 年第 4 期

西湖之歌

一

西湖水　碧波荡漾
游船儿　满载欢畅
杨柳依依
似仙女轻歌曼舞
丹桂飘香
满了杭城溢过钱塘
春天的淡抹　夏季的浓妆
中秋的朗月　寒冬的暖阳
最佳旅游城市向您伸展臂膀
欢迎您常来似诗如画的人间天堂

二

西湖水　织着细浪
似古人　低吟浅唱
历史天空
闪烁着璀璨星辰

六朝古都
演绎过多少辉煌与悲壮
岳飞的忠良　苏轼的辞章
白蛇的怨恨　济公的癫狂
历史名城　人文荟萃　源远流长
五千年　华夏文明　在此闪亮

三

西湖水　泛着金光
花园城　漫步小康
绿茵如洗
宛如人们纯洁心灵
繁花簇拥
恰是人们笑容绽放
金色的年代　金色的希望
金色的西湖　金色的梦想
钱江潮　后浪推前浪　纵情高唱
西子湖　碧水常含笑　情深意长

四

西湖水　闪着银光
晚风轻　华灯初上
月上中天
清辉盈盈普洒甘露
仙界神韵

怎不叫人心驰神往
银色的世界　银色的波浪
银色的西湖　银色的天堂
和谐进步　繁荣昌盛　江南明珠放光芒
美丽的西湖　人间的天堂　在世界唱响

水之恋（组诗）

一、为白喝彩

勇敢的白　无坚不摧
悬崖上纵身一跳
那花岗岩的山谷
活生生被砸出一汪深潭

柔软的白　温顺体贴
斧劈刀削的山峰
只因你的缠绕　棱角脱落
野草山花安营扎寨

执着的白　百折不回
浪花无数次冲锋
粗沙磨成细沙　粒粒金黄
黝黑海岬　也擦他个一尘不染

刚柔并济的白　随处可见
启迪与给予　令人费解
白　驻进心头不肯离去

让我们一起为“白”喝彩

二、颜色之争

你占据了十分之七的地球表面
苍天认为　蓝色是你纯粹的基因
可天低云暗时你翻成灰色的脸
何方神圣　扭转了乾坤

你依偎在青山的怀抱之中
绿盈盈　是你无限的温存
一阵山风吹皱你的面颊
转瞬间　影影绰绰　绿里泛青

你在溪流中与鹅卵石玩耍
跨涧时却独自飞跃
晶莹的雪白　刷亮了山谷
潜入深潭　却搅动黝黑的波纹

你在大河中欢快奔腾
阳光之下跳跃着无数的金星
当晚霞簇拥着西天的落日
你脸上又泛起一片醉人的红晕

你是率真的　却又那么的善变
你是专注的　却又那么博爱多情
盛你在玻璃杯中细细端详

那么多的色泽　怎的荡然无存

三、无穷的白　在心头泛滥成灾

山间的溪流奔跑
路断了　便纵身一跃
抛出一匹白练　优雅的
雪亮的白，长挂在我们的眼前

山腰的雾气升腾
山风悄悄地把她卷起
云朵啊　堆满了山峦山谷
纯洁的白　游荡在湛蓝长天

大海起风了
浪尖伸向天空　撑开一朵朵浪花
开满白花的海面　无边无际
晶莹的白　翻动着梦想与思念

白是勇敢者的化身
白是大地母亲的温暖
白是追梦人欢快的心跳
无穷的白　已在心头泛滥成灾

月亮酒店

天宫的明月
不幸跌落在南太湖之滨
一半着岸　一半落水
是谁计算得如此精准

要是落在岸上摔个粉碎
谁来修补　谁来拼接
要是落在水中遭受灭顶之灾
谁来打捞　谁来探寻

美轮美奂的月亮酒店
变幻无穷的波光滟影
南太湖边璀璨的夜明珠啊
您的出现　让多少人魂牵梦萦

渔人码头

远去了渔工号子
暗淡了点点帆影
青山依旧　烟波依旧
再也闻不到弥漫了千年的缕缕鱼腥
飞驰的汽艇
利索地把浩瀚的湖面轻轻剥开
在雪白的浪花中
你可否见到渔人搏击风浪的身影
今日的渔人码头
早已徒有虚名
灯红酒绿　钟鸣鼎食
吃喝玩乐　鱼虾鲜嫩
再也听不到　水拍石岸　鱼贩叫卖
再也看不见　渔船云集　桅杆如林
遥想昔日的渔家妹子
迎风踏浪　一曲婉转的渔歌
一定是渔人码头最亮丽的风景

畅游古运河

——大运河（长安闸）遗产展示馆掠影

遥远的隋唐宋元
神州大地的大动脉跳跃闪亮
震惊世界的人工大河
三千六百里水路涌动着滚滚热浪

我们乘坐古老的敞篷木船
穿过时空隧道　驶入梦中天堂
踏着远古的波涛　沐浴历史的清风
行进在千年前的大运河上

天蓝得清透　白云浮动
水绿得发蓝　碧波荡漾
一行白鹭掠过头顶
留下一串清脆的啼鸣飞向远方

微风轻拂　杨柳依依
桃花儿红艳　油菜花金黄
锦绣江南　一幅迷人的画卷
正是那阳春三月好时光

过了一村又一寨
孩童忙嬉戏　女子洗衣裳
岸上行人匆匆　车流滚滚
河道蜿蜒　我们的船儿正劈波斩浪

整洁的河堤码头擦肩而过
触手可及　似乎能一跃而上
穿过气势恢宏的石拱桥
如泰山压顶让人惊慌

啊　一颗江南的璀璨明珠
在这千里大动脉上闪闪发光
繁华的市井　人头攒动
亭台楼阁　黛瓦粉墙　人人向往

这里是江南重镇　长安
长治久安　恰如其分　人心所向
这里是富饶的江南沃土
国家的基石　丰盈的粮仓

这里是水路重要隘口
曾经天下驰名威震四方
这里　商贾云集车水马龙
几百年漕运官船　浩浩荡荡

遥望大运河上白浪滔滔
粮船商船客船游船　如林桅樯

顶风冒雨　星夜兼程
见证了多少朝代的衰败兴旺

聆听风花雪月　涛声依旧
凝望摇橹撑篙　拉纤扬帆　个个身强力壮
大汗淋漓　号子震天
百舸争流　南来北往

复式三闸　大澳小澳
水涨船高　水落船降
这是哪位古人的缜密谋划
一个划时代的奇思妙想

上塘河下塘河两米的落差
行船竟如此顺利通畅
真是绝妙的主意
其工作原理　与长江三峡三节船闸一模一样

遥想那一千三百年前
此工程当属世界首创
若吉尼斯纪录前推千年
中华四项发明要改为五项

南北水路千里迢迢
船在这里上下一个六尺台阶
轻松自如　升降泰然
绝无仅有　举世无双

一千多年的历史尘埃
将这一坝三闸静静的珍藏
六百年前的大运河改道
差点把这经典中的经典遗忘

光耀全球的中华三千年史书
冷不丁让这辉煌的一页漏网
是谁用文字清晰记载　感恩有你
一千年前的东瀛青山定南和尚

是你的《参天台五台山记》
记录了这段运河上的真实场景
才使后人有凭有据
揭开尘封了的历史还其真相

当今天我们拉开她的大幕
是这般厚重　这般光芒万丈

注：约六百年前大运河改道，长安闸——这颗大运河的璀璨明珠，逐渐光泽暗淡，静默了下来，历史的尘埃淹没了曾经的辉煌；一千多年前有个名叫青山定南的日本和尚，经过此地，写下的《参天台五台山记》，记载了一千多年前过船闸的情景，使这里八百载的繁华岁月重见天日，还原了历史真相。

西湖赏月

一年中最美的圆月
你在众目睽睽中冉冉升起
你把今晚的西湖照亮
多少祝愿、多少期望
凝聚在多少仰望你的目光
秋风为你抹去仅有的几缕云彩
万里长天　星儿在遥远的天际隐藏
你把似水如银的清辉灌满了整个夜空
也灌满了整个杭城、湖面乃至山岗
月色溶溶　我们已体验到你的无限深情
心已陶醉　分不清这里是人间还是天堂

晚风柔软得似少女的手指
带着桂花的芬芳
滑过你的肌肤
滑过你的脸庞
你是否觉得有点凉、有点香
更有点痒
啊！那是嫦娥洒下的甘露
你可以舔一舔、尝一尝

晚风穿过堤岸，杨柳轻拂
是谁家的珠帘儿飘荡
哦！有美人儿在隔帘窥望

晚风掠过湖面，波光粼粼
是谁散落这无数银两
今晚可有渔人拉网

夜游的船儿
彩灯闪亮
谁在畅饮　谁在划桨
荡悠悠推开这柔波细浪
载欢歌　载笑语
载星辉　载月光
把湖岸的野鸭儿惊飞
把湖面的灯光拉长
似打碎了无数个水中的月亮
搅进了今晚西湖的波浪

波浪拍击着堤岸
似有人在低吟浅唱
莫不是许仙一家子
今夜回了西湖
听不清是小青
还是白娘娘

今晚的三潭印月、湖心亭、阮公墩

似在烟波中浮动
不知要飘向何方
眼前的苏堤、白堤、断桥、孤山
如珍珠项链般在碧波中闪光
不知可否借来装扮我的新娘

青山、绿水，历尽了千年沧桑
今夜你可曾看到
我正用痴情的目光
抚摸你起伏的胸膛

明月、星光，俯视这人间天堂
今夜你可曾听到
我正用心灵的甘泉
为这中秋夜的西子湖梳妆

我们弱小而又短暂的生灵
在这里欢聚
在这里思绪飞扬
似天上云彩转眼飘逝
似湖面浪花不容久望
今晚的西湖——我梦中的天堂
今晚的月光——把我心头照亮
忘不了这魂萦梦绕的地方
忘不了这似痴如醉的晚上

为西湖十景题照（组诗）

一、苏堤春晓

苏公诗文人赞叹
堤纵西湖已千年
春风拂动两行柳
晓雾蒙蒙燕蘸水

二、平湖秋月

平烟夜色浓
湖面细浪翻
秋风悄悄拨开云
月影不慎被揉碎

三、雷峰夕照

雷公立云端
峰遭碧波淹
夕阳金针刺塔顶
照红半边水与天

四、曲院风荷

曲径人影深
院庭寻良辰
风摇甚花别样红
荷香醉了君

五、三潭印月

三盏石灯知深浅
潭中应有蛟龙在
印证月亏与月盈
月在波心浪在天

六、双峰插云

双剑天铸就
峰伴日月走
插翅跃顶回眼望
云卷云舒刚中柔

七、南屏晚钟

南山慈静寺中仙
屏风幕后济公癫
晚风过处香阵阵

钟声暮色两不厌

八、断桥残雪

断却过往行人稀
桥下薄冰步履急
残阳不知何处去
雪掩情痴仍痴迷

九、花港观鱼

花开湖畔涌艳香
港里港外游人忙
观赏且看红浪起
鱼跃泼刺声声响

十、柳浪闻莺

柳枝风动绿帘掀
浪尖佳人娇声传
闻得桂香浓金秋
莺歌唱醉艳阳天

漓江吟

最是那漓江上碧绿的波浪
轻快而又温柔地在我心头流淌
还有那洁白如玉的浪花
晶莹雪亮得无法让人久久凝望

最是那两岸列队的秀丽山峰
无以言表的挺拔巍峨
又似羞答答温情的娇娘
让人心神迷乱
却又过目不忘

最是那柔波中倒影
山与水如此这般的欢愉交融
直让人如痴如醉
欲罢不能　血管发烫
美与爱同在
爱与美共长

最是那 20 元人民币上撩人的兴坪风光
还有那 160 里水路蜿蜒曲折迷人的长廊

蝙蝠山　舞袖长
仙人推磨为谁忙
童子拜观音
虔诚的俏模样
九马画山开创新篇
当年开国总理的睿智如虹
指点江山　神采飞扬

最是那初夏的蓝天
白云悠悠在长空游荡
俯瞰这一方青山绿水
不知在作何感想
甲天下者天下最美
我今落在你的中央
船儿正浅滩踏浪
我要为你摇旗呐喊
我要为你尽情歌唱
随之随之
放飞心中梦想

印象·刘三姐

如诗如画的漓江之畔
名城阳朔从远古走来
十二座秀丽的山峰拔地而起
错落有致　前后有序
恰如大地母亲温暖的胸怀

两平方公里的超级实景剧场
诞生后十多年的日子里
仍是世界第一
一直无人超越
依山而筑的三千个观众席位
座无虚席　人满为患

夜幕中　灯光亮起
伴随天边响起阵阵春雷
阳朔独有的秀丽山峰
犹如仙女般从天外飘来
神秘莫测　时隐时现
撑起一方广袤无际的苍穹

静谧得不能再静谧
深邃得不能再深邃

当耳熟能详的刘三姐山歌从天而降
天籁紧扣着众人的心弦
竹排如梭　鱼贯而入
瞬间飞驰聚集
转眼又轻松散开
无论划桨撑篙
那样的铿锵有力
一个个身手不凡
震天动地的音乐此起彼伏
广阔无垠的湖面色泽斑斓
变幻莫测的灯光总是出乎意料
六百多演员精神抖擞各就各位
时而步调一致地拉网
时而起早摸黑地赶鱼鹰下船
时而成群结队地隔江对歌
时而漫步在栽满凤尾竹的漓江堤岸
场面恢宏　波澜壮阔
一次次把观赏者的心灵震撼

最难忘一钩鹅黄色的明月
随着优美的轻音乐
缓缓向湖心驶来
湖面上飘起浓重的夜雾

伴随桂花香气正悄悄弥漫
如梦似幻　美轮美奂
恰如仙境降临人间
让人目不暇接
令人为之陶醉
最为撩人的
是那月亮之上的仙女
身姿曼妙　冰清玉洁
手持蝉翼般雪白绸缎
玲珑剔透　翩翩起舞　是何等的高雅珍贵
朦胧的夜雾中
看不清她的清秀眉目
烙在观众心中
早已是端庄美丽的清纯少女
貌美如花
或西施　或貂蝉

印象·刘三姐
张艺谋的得意之作
至今规模最大的实景剧场
誉满全球　震惊中外
以前只是电视中见过
今日终于一睹你的芳容　亲身体验
浑然天成的甲天下山水实景
一流的音响灯光设备
顶级的编剧导演倾力打造

六百多人原汁原味的演出团队

啊！回味无穷值得珍藏
无与伦比的精彩
这是桂林人甩出的又一张金色名片

游桂林（组诗）

桂林城

秀峰抱名城
清水尽照面
桂树成林谁之过
中秋花开月正圆

时逢桂花开
当忆桂林忆今岁
扑鼻花香透心扉
此情此景怎忘怀

象鼻戏水轻轻浪
芦笛岩洞住神仙
一箭穿山成千古
七星陨落漓江边

秋风赠凉爽
艳阳妆山水
碧波含情人俏丽

山歌悠扬笑声甜

漓江行

顺水泛舟游
阅尽漓江美
青山秀水心欲飞
系我魂魄舒我怀

山峰水上走
绿水绕山转
碧水轻舟漓江上
凉风送我入画来

白云浮船底
鱼儿翔蓝天
青山水天共一体
愿梦常在此地回

天下任君游
首觅漓江水
江水如此多婀娜
甲天下者不虚言

溶 洞

溶洞风光好
引得万众来
暂别人间入仙境
忘了今朝是何年

融入多少情
回你多少爱
千姿百态钟乳石
多少故事在里面

暗河驮你入远古
流了几万年
人生短短几春秋
却似一浪闪

洞穴天地宽
胜似桃花源
若是这里有田耕
抛却凡尘心也安

日照的灯塔

面朝大海　春暖花开
诗人海子的名句
在日照金色的海滩上久久回荡
一座洁白的灯塔
亭亭玉立　不卑不亢
注目着这一汪平静的海疆
散落的人影　多么的渺小
与退潮时留在沙滩上的贝壳
没什么两样

帆影点点　波光粼粼
自从这里建成国际帆船赛基地
一方水域　吸引了全球体育人的目光
水上健儿从这里起步
穿浪的银帆从这起航

冠军　金牌
在这湛蓝的天空下　在这碧蓝的海水中
熠熠生辉　闪闪发光

溪流曲

头枕青山夜已深
怎的难入眠
溪流似在诉心声
我在静静听　总难听明白
是否你我促膝长谈

你从哪里来
千回百转来到我枕边
是在那漆黑夜晚
那样晶莹剔透
那样冰清玉洁
那样雪花碎银一般
又谁能看得见

大缺口咏叹

你在六股尖溪流中悄悄下山
你在新安江绕过了峡谷险滩
你在千岛湖烟波里久久徘徊
你在富春江碧水上载舟扬帆

一路放歌　满眼青山绿水
一路向东　几经峰回路转
依偎杭城六和塔片刻
挥手萧山美女坝向北
来到海宁已是一马平川

江面开阔缓缓流淌
可叹清波汇入浊浪中
顿失了原来容颜
又苦又咸满眼昏黄
东去入海心不甘啊
怎么办　怎么办

借喇叭口独特的地形地貌
聚大海里涨潮的广阔波澜

收拢巨臂　气运丹田
挽起大潮　杀回深山

东潮如千军万马
沿江堤齐头猛进
南潮掀整个江面向北倾斜
汹涌咆哮迎面盖来
二潮江心碰头了
两条白龙十字交叉
银鳞闪闪　美丽图案
世上绝无仅有
此乃天下奇观
恨不得多带一双眼睛
白花花潮头已把我们包围
东潮南潮都向大缺口冲锋
面对大潮人们快要窒息
顷刻间只觉得天旋地转

南潮撞上江堤
轰隆隆　江堤颤抖
溅起冲天水柱
一片水雾又被海风吹散
东潮浩浩荡荡
势如破竹　向西进发
翻过一道道丁字坝
似田径运动员冲刺中跨栏

千年留下的大缺口
百里江堤只得绕了一个弯
二潮都来袭　此地最凶悍
大缺口　泪汪汪
人不慌张鬼慌张
就是当地人的口头禅
多少回钱塘江决堤
这里成泽国一片
海水倒灌更胜洪水泛滥
多少鲜活的生命被卷走
冲毁房舍庄稼
满目疮痍　血泪斑斑
良田沃土　海水一泡
顿成为盐碱荒滩

曾经的苦难
往事已走远
如今的大缺口
二潮依然　交叉依然
江防长城　固若金汤
巍巍大堤笑迎大潮撼
不用怕　不用慌
登高远眺　滚滚大潮此处最精彩

百里长廊已见雏形
旧踪难觅　处处换新颜
观潮第一站　长廊最东端

旅游度假　商务休闲
大缺口敞开双臂等君至
这是海宁人甩出的响亮的名片

重上岱山岛

登上跨海渡轮
海风猛地把我扑醒
满眼的浪花朵朵
哗啦啦一片掌声
岱山岛　我又来了
心头涌起无限的感叹
我无颜以对
你的波澜壮阔
你的挚爱与盛情

海风渐渐软下来
贴近了耳根
悄悄地似有悄悄话要说
岱山岛虽小
却有珠峰般的雄心
上次你若是留在这里
那岛　那山　那条船
或许早已是你的宠妃爱卿

我用湿润的目光

抚摸你起伏的胸膛
那片山顶上的白云
又向我发出诚挚邀请

漂流瓶的梦呓

一只沙掩半截的漂流瓶
躺在宁静的海湾
它很想离开
很想去波涛汹涌的汪洋大海

那里有　鲨鱼　鲸鱼
钻进鱼肚子里一定很温暖
还可以与小鱼小虾
说说话　聊聊天

啊　不对　不对
鱼肚的胃酸　怎么得了
他们活不了几天
唉　剩下的日子一定会寂寞难耐
那混沌的世界里血雨腥风
不知多久才能出来

多想在海面上随波逐流
多想一只海鸥把我衔起
碧海云天　风和日丽

让我在比大海更蓝的海空俯瞰

看一看海岛与渔船
看一看我英武海军
强大的航母编队
由西向东　布一条条经线
由北向南　再添一条条纬线
太平洋上织一张巨网
那我掉下去就十分安全

潮涨潮落　冬去春回
这里没有洋流
还是平静的海湾
那个藏着美梦的漂流瓶
渐渐被金灿灿的沙子掩埋

好好地睡一觉吧
下个世纪　或下下个世纪
你就能漂洋过海
你的心愿　长出翅膀
挂上辽阔海空的那片云彩

砗磲之恋

在浩瀚的海洋世界里
砗磲　绝对是名门望族
遍布在四海深处
曾有长到五百公斤的大个
恐怕连海上巨无霸　虎鲸
尽管虎视眈眈　也不敢一口吞下

在暗无天日的深海里
你是如何孕育这　瑰润的洁白
你波浪形的大嘴
似千万年的岩层沉淀
其曲线是何等的圆滑　优雅
合上了　紧密无缝
张开了　圣洁莲花

世界珍珠之王
一亿美元的身价
荣幸地诞生在砗磲世家
多想进入海底世界看看
为什么人间砗磲珍珠

如此奇缺难觅
莫非东海龙王　年年严紧盘查
我想龙宫中的奇珍异宝
许多　许多　出自砗磲之造化

请你说些　闻所未闻的故事
漆黑一团的海底　你如何长大

清涧幽谷

山谷中那一泓凝固了的宁静
深潭里却深藏着灵动的波纹
秋色里那丛洁白的芦花
身后的竹林却顽强的碧绿常青
溪流中那净透的潺潺清泉
底下的鹅卵石却渴望着洪水奔腾
今天　天眼洞开　生机盎然
清涧幽谷　顷刻间五彩缤纷

一道清泉从何而来
悄然潜入幽谷中一泓深潭
波光里谁的影子晃动
深藏不露的是何方神仙

问一声色泽斑斓的灌木丛林
问一声秋风中白了头的芦苇
听不清你们的山林密语
悟不出你们的眼色交换

来年的夏季　择一个骄阳如火日子
我要亲自下水探个明白

霞浦印象

别样的海天一色
怎的没有一丁点颜色降临
别样的黑白分明
怎的有如此默契的浑然天成
是谁轻描淡写
把这片港湾凝固
是谁巧施魔法
安抚得大海出奇的安静
是那不成方圆的水上篱笆
还是那小船上勤快的荡桨渔人

安静得不能再安静
仿佛有绣花针落地的声音
简单得不能再简单
曲折盘旋却是那纯粹竖与横
篱笆墙的影子
密密地圈养了这一湾宁静
两头尖尖的小船
能否暂且歇一歇
奋力划桨的渔人
问你能否停一停

等 待

钱塘江大潮咆哮着去了远方
大江的波涛却盛满了我的胸膛
暮色无情地四方迫拢
最后一抹残红仍然孕育着希望

等待，望眼欲穿的等待
心爱的姑娘啊
我托不住一寸寸落下的夕阳
你若能听到我心跳
请加快脚步来到我的身旁

最是那大江奔腾的波涛
满满的在我心海翻卷
最是那西沉滚烫的夕阳
直压得我喘不过气来
最是那一抹血色的残红
似我悲凉的望眼欲穿
最是那深秋狰狞的暮色
悄悄地已将我包围

等待　还是要等待
我们说好的　不见不散

朱家尖南沙滩

漫步在天然的　优质的　海滨浴场
沙质细腻　海水清凉
你若不信　请睁大眼睛
湿漉漉的沙滩会看到尘土飞扬

最是那不知疲惫的海浪
一排排冲上沙滩　又悄无声息的消亡
细细沙子纯洁而又神奇
乘一阵阵涌浪把你脚下淘空　心生紧张

多想穿上泳衣下海游泳
正遇南风推波助澜掀起一米多巨浪
众多的游客都在沙滩上犹豫
光脚板在浅水里嬉水踏浪

勇敢地与海浪搏击者寥寥无几
心头掠过一丝莫名的恐慌
零距离与海浪对峙良久
借此刻我细细地将其打量

海浪刚开始是一道光滑整齐的水墙
冲向沙滩时　上快下慢改变了模样
底下爬沙滩的缘故慢了半拍
浪尖翻下来成了浪花雪亮
海浪前我恍然大悟茅塞顿开
怪不得瀑布总是那么雪白铿亮
腾空的水啊耀眼的白
飞着与趴着完全不同的颜色与模样

沙滩浪花是一道开不败的美景
日复一日　年复一年　把欢歌传唱
在你面前我总是兴奋不已
多想多想　枕着你的温情进入梦乡

情

风 从 哪 里 来

慢下来

一片荒郊，一弯山脉，一张白纸
顽石已雕刻成了玲珑的一湾

释迦牟尼的“拈花一笑”
意会在思想，在游览观光的静闲
绿茵茵的草坪如洗，开不败的花海
抄经阁内，笔尖让心灵渐渐沉淀

徜徉在拈花小镇的夜晚
慢下来的是脚步
慢下来的是心跳
慢下来的是生命的衰退

原载《绿风》2021 年第 2 期

红军路上水晶兰

当年红军走过的山路
年年铺一层新叶
柔软　清香　富有弹性

深深地掩藏着
石板上留着的红军脚印

那无比珍贵的　可遇不可求的　水晶兰啊
你可是那脚印孕育出的新的生命

俯首给你拍照　却发现
晶莹剔透的水晶兰啊
宛如红军战士明亮的眼睛

永远在我心头闪烁的
还有那颗红军帽上鲜艳的红星

原载《南湖晚报》

升级了

女儿生了女儿
我们便做了外婆外公
岁月无情催人老
流时太匆匆

上下晋升一级
天伦之乐融融
望着外孙女稚嫩的小脸
一股热流在涌动
我们的生命在延续
我们的血脉在传承
子子孙孙乃无穷

从孩子挥动的小手
我看到了希望的翅膀
从孩子微睁的小眼中
我看到了未来的天空
岁月不停留
春夏秋与冬
生生不息薪火传
晚霞孕晨梦

中秋夜曲

朗朗中秋月
银辉满乾坤
与你此时同举首
千里相思月传情

满月如明镜
似见你身影
冰清玉洁人消瘦
唤你一声无回音

玉宇净无尘
飘过一缕云
为你入夜御凉风
为你轻轻擦泪痕

本应相依偎
本应并肩行
万水千山路漫漫
一轮满月照孤影

月色溶溶夜
秋虫呢喃近
风摇花枝婆娑影
无人拾得满地银

天上月正圆
人却两地分
清风抹我腮边泪
明月照你泣无声

中秋月儿明
桂菊香阵阵
共戴圆月心相照
同拥良宵值千金

更深风儿紧
身冷心亦冷
月儿西移过中天
魂随月儿去远行

原载《北方作家》2013 第 10 期

雨夜情怀

为了这遥远的思念
我漫漫长夜无眠
为了这无眠的长夜
我又持续这遥远的思念

冷雨在冷风中洒落
冷风夹着冷雨袭来
打在墙上，打在窗上
却淋湿了我的心田

此时此刻
你们可有入睡
睡着了可有甜蜜的梦
梦中可有明媚的阳光
阳光下可有摇曳的花朵
花朵上可有美丽的蝴蝶

此时此刻
可不要被冷风冷雨吵醒
要是醒了，可不要为这夜半的风雨伤感

要是有了伤感，可不要分分秒秒在黑暗中煎熬
要是这长夜实在难熬，可不要独自叹息流泪
要是忍不住眼泪流了下来，可不要……

请听一听远方呼唤
冬季已离去　春天已到来
长夜过后　就是黎明
风雨退却　定会是个艳阳天

当春风吹动你的秀发
当鲜花映红你的面颊
当我们相聚在一起的时候
再去回味这雨夜的情怀……

原载《红塔》首届红塔杯全国诗歌大奖赛获奖作品专号

泪儿为谁流

看不清舷窗外湛蓝的长天
是泪水模糊了双眼
机翼下茫茫云海
似大海波涛在我心头翻卷

任热泪流满脸庞
也冲不淡这离别的凄酸
候机厅里女儿挥动的小手
深深的　永远的　停留在　我的心间

三步一回首
小手还在不停地摇摆
渐渐地　渐渐地
已听不清她童声的呼唤
渐渐地　渐渐地
已看不清她圆圆的小脸

女儿三岁了
还是第一次见爹面
在归来的日子里

好奇地打量我
碰到我的目光
总会惊恐地移开

当我把她抱住时
却害怕得要哭出声来
在她妈的诱导下
终于叫了声爹

当夜幕降临
三人团聚在房内
当我将她娘儿俩抱紧时
女儿却惊慌地大叫起来
你走开　走开

难怪女儿啊
她来到这世上
这样情景她从未撞见
当她妈板起脸
用责备的眼光盯她时
眼盈盈　满腹委屈
泪珠儿似断线的珍珠滑落下来

原来缺少父爱的孩子
心灵是那样的倔强
又是那样的脆弱　那样可怜
当夜深人静

我们将灯熄灭　想拥抱亲吻
女儿又惊叫着爬起来

把灯打开　把灯打开
我们想依偎靠近
女儿还是不肯
不准碰妈　这是妈的床
你走开　你走开

直到后半夜
女儿在疲惫中哭了几声入睡
抚摸女儿的小手　小腿
亲吻她稚嫩的布满泪珠的小脸
我的身子在战栗
我的心在滴血
对不住女儿　对不起她妈
我肝肠欲碎

为了多年来奋斗的一方天地
为了这灿烂辉煌的明天
我商海拼搏　无怨无悔
让你们一等就是三年
匆匆地来　匆匆地又离开

待到春暖花开　待到硕果累累
待到事业有成　待到羽翼丰满
我一定满面春风回故里

建起一个美好温馨的家园
让我静静地
守候在你们的身边
朝朝暮暮在一起
冬去春来不分开　永相随

九九记怀

1984年9月9日，告别了12年的木匠生涯，开始了新的人生征程，转眼便是一年……

天高急云走
又到九月九
大河改道催泥石
严寒酷暑一春秋

感慨涌思潮
未喜自觉羞
不邀亲朋话得失
只因脚印多歪扭

光阴短一岁
万事方起头
暗柳之后有明花
回头仍是矮荒丘！

前程路漫漫
谁来主沉浮？

志在险峰必攀登
人生苦乐两相酬

1985 年 9 月 9 日

也 许

——写给某些贪婪者

也许你觉得自己很高大
芝麻点的职权便使你热血沸腾
若让你掌管州府官印
可别把月亮当成你家客厅的顶灯

也许你觉得自己很睿智
聪明的人群里该把你列为几等
说用心良苦不如说别有用心
只怕你机关算尽竟落入自挖的陷阱

也许你觉得自己很能干
会呼风唤雨可左右逢源
上有靠山　座下有喽啰上千
殊不知大树一倒猢狲立马就散

也许你觉得自己很威严
大盖帽上的五角星金光闪闪
别忘了人世间还有良心道德
是人是鬼历史自有公断

也许你觉得自己很富有
如财神爷日进斗金腰缠万贯
人道是三十年河东三十年河西
哪天原形毕露惹祸上身只怕收尸也难

惊　梦

我驾驶着陪伴我多年的爱车
载着女儿侄儿旅游
三十万公里的风雨旅程
如直行已绕地球八周
不想说车技高超
驱车该当是得心应手

怎么也弄不明白
把车开得歪歪扭扭
绿化带的枝条已擦窗而过
紧张得我冷汗直流

怎么也弄不明白
面前竟是这等耀眼　真让人担忧
只觉得车来人往　浓烟滚滚
手脚发酥　心在颤抖

怎么也弄不明白
狠踩刹车　车速难收
风驰一般　恰似闪电

莫非路面上洒满了润滑油

哎呀　不妙
一只大鸟飞过
车子飞出了公路
跌进了田沟
一股冷水
把全身湿透

噩梦惊醒
恍然大悟　明了缘由
睁不开双眼
是早起的阳光照在床头
飞来的大鸟
是窗帘翻动的黑影飞走
冷水浸身
是清凉的晨风把我的四肢抚摸
把我的肌肤舐逗

怜 竹

林家塘山上的那片毛竹林
在秋风秋雨中是那么的凄苦伶仃
阵阵山风压下伟岸的身躯
你似在号啕大哭
挥洒下泪珠如雨
冰冷冰冷
风过后你还是直不起腰板
耷拉着脑袋垂头丧气心存委屈　满脸泪痕
偌大的竹林是失落的野坡
荒凉寂寥　无人问津

等到那春暖花开的季节
满眼的雨后春笋是何等的诱人
新绿嫩黄生机勃勃
是一年中最美的风景
爷爷的爷爷种下的竹子
养活了一代又一代山里人
食你伐你的山中汉子
怎不给你遮风挡雨

怎不给你梳理耕耘
看你风雨中飘摇的模样
激起我心中无限的怜悯

仰山书院

绿荫深处石门静穆
雕梁画栋诉说着昔日的辉煌

古木参天回廊重檐
爬山虎年复一年占满了斑驳的院墙

拾级而上抬头仰望
心海泛涟漪　一石千层浪

仰山书院　先人倾一腔热血
知识救国　为中华民族之振兴　之富强

历经二百年风霜雨雪
安静、古朴、典雅而又苍凉

曾经的青布长衣挥之不去
曾经的书声琅琅依然回荡

瘦小的石狮子未见得长大

这里走出去莘莘学子
却是民族精英　国家栋梁

岁月悠悠　往事悠悠
远去了几多风雨几多沧桑

高山仰止　学海无涯
犹如沐雨露　滋润心房

久违了的心旷神怡
陶冶情趣　坚定信念
暗滋潜长的全是正能量

三女堆

记不清是三国何年
天也茫茫　地也茫茫
美丽的花蕾尚未开放
春天里却遭到了浓霜

记不清是晴天雨天
山也茫茫　水也茫茫
何方妖魔竟与帝王作对
毁灭了金枝玉叶　粉黛红妆

记不清是月缺月圆
昼也茫茫　夜也茫茫
疾病吞噬了　你年幼的生命
使你永在冥界　无缘再回世上

可怜的东吴三公主啊
身也茫茫　魂也茫茫
抛下爹娘孤身　在此长眠
怎不叫人碎心断肠

汉砖壁画彰显你显赫的家世
阴曹地府却见不到半缕阳光
枉然生在帝王家
一叶孤魂　何处去游荡

你沉睡了两千年醒来
是否记得起当年的模样
是否也有老师同学
亲密无间书声琅琅

注：相传三女堆是东吴孙权未成年的三女儿的陵墓。

杭州之幸（组诗）

一、良渚，为亚运发光

当与天堂媲美的城市
成了世界瞩目的焦点
全球面积最辽阔、人口最众多的亚洲
金秋时节，拉开了一场体育盛会

良渚，中华民族的发祥地之一
五千年前的文明，醒来还不足百年
沉睡于古城里的不灭火种
今日被少男少女们用纯洁点燃

悠远，智慧，农耕，王权
宏大的水利工程，服务生活耕种灌溉
良渚，中国最大的史前遗址
登入世界文化遗产名录，乃当之无愧

四千年前山岙里的烟火味
凝聚成热情奔放的火焰

熊熊火炬　为亚运会发光
熠熠升腾　为全人类添彩

二、杭城记忆

五十年前的破冰之旅
曾在这里划下深深伤口
尼克松一句轻轻的感叹
让华夏儿女添了新愁

美丽的西湖，破烂的城市
六朝古都，衣衫褴褛捉襟见肘
那时的国人如梦初醒
我们已落后世界太久太久

四十载改革开放的春风
苏醒了的大地日新月异
二十年八八战略，运筹帷幄中
看繁华钱塘，更上了一层楼

2016 年前的 G20 峰会
已让世界瞪大了眼睛
2023 年的秋风，再次把杭城拂得锃亮
拭目以待，十九届亚运会光耀全球

三、钱塘江的掌声

东海的龙王喜怒无常
杭州湾被搅得地暗天昏
万马奔腾，驰骋百里钱塘
涌入杭州，真听话尽显乖巧温顺

白花花的潮水一字排开
数不清的双手一起鼓掌
欢声雷动　震耳欲聋
欢迎你们　来自大亚洲的体育精英

钱塘江，中华民族一条有力的臂膀
今天，挥舞之间咯咯作响
为体育健儿摇旗呐喊
端西湖之水酿美酒，一片中国心

钱塘江，浙江人民的母亲河
今天，正代表十四亿中华儿女
欢迎四十五国和地区的和平使者
给一万多亚运健儿，以经久不息的掌声

四、莲花，在九月盛开

西湖的莲花摇曳

迎来了亚运第十九届盛会
宋朝的杨万里之后
别样的红艳，已延绵千年

姗姗来迟的兔年九月
把杭城托起，拥西湖入怀
大莲花底下乘凉
人山人海，在莲蓬里呐喊
当小莲花的花瓣转动
我们竟忘却了是烈日还是雨天

全世界数亿双眼睛
直勾勾　看美丽的莲花盛开
别样的奔放，别样的热烈
整个蓝色星球，都感觉到了温暖

五、以市花的名义

当市花浓郁的香气塞满西湖又溢过钱塘
当金色的秋衣披向江南大地
一座美丽的城市沸腾了
亚运健儿正酣战中，正挥汗如雨

不管是金牌银牌还是铜牌
甚至离奖杯还差十里百里
能站在亚运会的舞台就是英雄

我要用市花的名义抱你吻你

千万遍的重复训练
一切都来之不易
为今天的一决高下
你们备战五个春秋，穿透几多风雨

金灿灿的桂花与奖牌一起闪耀
请深深地吸一口杭州的空气
我只能远远地隔屏观望
让浓郁的桂花香，熏醉你的心扉

原载《光耀亚运：迎亚运职工文学作品创作专辑》

义

风　从　哪　里　来

乡村老路

孩提时代的记忆
乡村通往外面的道路
总是那样的曲曲弯弯
穿过田野　穿过村庄
斗转星移　不知走过了多少年代

三尺宽的泥土路　也被称作大道
偶尔某一段　也嵌着小石板
那是做善事的人家
虔诚的修桥铺路
为乡亲们奉献出一份挚爱

路边长满了铁丝攀头根草
那草根多叶少　极其顽强　耐碾耐踩
记得炎炎烈日下路面发烫
我们总爱光着脚

踩着野草行走两边
那种软软的　痒痒的感觉

至今还在心头徘徊

一路总有那么多的石桥
毛草芦苇　守护着桥墩上的几级台阶
两块大条石的桥梁　总是干干净净
可怜啊　两边却没有栏杆
每逢狂风暴雨
总让行路人心惊胆战
多少回梦中哭醒
过不了这雷雨交加中的桥面

原载《品位·浙江诗人》2020年春季特刊

机耕路

耕田有了拖拉机
那是二十世纪七八十年代
机耕路应运而生
大都是水渠旁的道路加宽
就近挑土堆筑的泥路啊
晴天里尘土飞扬
一下雨泥浆泛滥成灾

两旁种下了一行行树木
护路基　挡阳光　恰似卫兵列队
整齐而又修长的水杉树啊
挺拔秀丽　可惜你木质松软不成材

从此孩子们的作文里
常出现这样的句子
看到大路旁一排排树木
想到了解放军叔叔守卫在边界

渐渐机耕路开始铺上煤渣

自行车也多了起来
也有乡镇浇上两条窄窄水泥路
悦耳的车铃声让人们笑逐颜开

原载《品位·浙江诗人》2020年春季特刊

巡警之歌

当暮色悄悄地四方迫拢
当天空亮起遥远的星辰
我们精神抖擞、我们整装出发
夜色中闪烁着一双双敏锐的眼睛
洞穿那灯红酒绿的繁华闹市
细数那幽静昏暗的小区园庭
看我们的队伍　威武雄壮
看我们的战士　矫健身影
偷盗之徒　望而生畏胆战心惊
邪恶之人　休声息鼓寸步难行
为了保一方平安　我们昼伏夜出
我们无怨无悔　我们奉献青春

当万家灯火渐渐稀疏
当人们进入甜蜜梦境
我们四处巡逻、我们车轮滚滚
黑暗中　警徽似一颗颗闪亮的金星
梳理那　纵横交叉的大街小巷
窥测那　影影绰绰的婆娑阴影
看我们的队伍　铜墙铁壁

看我们的战士　火眼金睛
风雨交加　更坚定我们整齐步伐
电闪雷鸣　更凸显我们铁骨铮铮
为了这太平盛世　我们甘愿受苦
我们热血沸腾　我们不辱使命

当星星闭上疲惫的眼睛
当晨曦泛白大地渐渐苏醒
我们忙碌一宵　我们心弦紧绷
晶露点点　滋润着我们赤诚的心
悉听那　远近呼应的犬吠鸡鸣
审视那　早起晚归的匆匆行人
看我们的队伍　风尘仆仆
看我们的战士　犹如精灵
彩云追月　望迷人景色矢志不移
晓雾轻纱　处朦胧幻景心若明镜
为了这祖国的繁荣　我们飒爽英姿
我们是人民的巡警　我们全心全意为人民

金秋黄岩（组诗）

一、与石大人比肩

在松岩山脚抬头仰望
石大人在朝我点头微笑
我知道你的寂寞孤单
我上来与你并肩拍照

路很窄　坡很陡
上山的路　登天的梯
先是气喘吁吁　再是汗流浃背
接下来两腿发虚身子发飘

山高林密　人迹罕至
野草与野花多情的挽留
我心生爱意沿路偷偷抚摸
让负氧离子把心扉填饱

脑海开始恍悟
若能回到原始时代
做一回毛茸茸的野人

四脚并用该有多好

一步一咬牙
放弃与坚持在拼杀
冥冥中　听到石大人在召唤
近了　快到了

抿一口日泉月泉阴阳水
把铅重的双腿再次迈开
终于站到了石大人的跟前
一样的高度　却没有你的伟岸

与石大人并肩了
与石大人合影了
极目千里心旷神怡
我笑了　石大人也笑了

二、在橘神面前

松岩山下　永宁江畔
飘逸的橘神像伫立在橘园
这是千年橘农的化身
这是黄岩人民抛出的响亮名片

在温暖而湿润的江南
在七山一水二分田的黄岩
空气与水都是甜的

这一甜已越千年

万水千山秋风在吹
剥去青绿送大地金黄一片
可橘林依然生机勃勃
从中挂起红灯笼千盏万盏

我怕橘树累坏了腰
如何担得起这红彤彤与沉甸甸
橘神啊，借你一双纤纤手
摘下橘子一筐筐　赠予天下甜

黄澄澄的柑橘温暖手心
金灿灿的橘文化凝成诗篇
为什么酸溜溜的甜常扰舌尖
那是黄岩的朋友们在思念

三、永宁江礼赞

黄岩的母亲河
永宁江似一条彩带
蜿蜒曲折　静静流淌
微波细织　多少故事在里面

您从山上来
似山神般从容不迫
路到绝处纵身一跃

抛出一道纯洁的白练

您从小溪来
带着花香　带着青翠
带着鹅卵石圆润的梦
携小鱼小虾一路奔向大海

最是那迷人的橘园
紧挨在您温暖的身边
最是那勤劳善良的橘农
用您的乳汁　酿成人间千年的甜

崭新的永宁江恰如其分的安宁
护佑百姓　造福两岸
温顺似小绵羊一只
未见怒吼咆哮洪水泛滥

江道弯弯　江水绵绵
滋润着这片沃土千年
依偎在您温柔的怀里
是黄岩人最大的欣慰

四、黄岩的甘甜

每一块土地都有自己的故事
每一个城市都有独特的味道
品味中有太多的捉摸不定

可来过黄岩便永远记住了甘甜

地球上的植物千万品种
人类的食品数不胜数
然而　深究其滋味
莫过于甜酸苦辣咸

这片沙砾掺杂的棕黄色土地
为何其甘甜取之不尽吸之不干
曾记得南宋　一个县出二百进士
人杰地灵　文风长驻书香遍野

一方水土养一方人
热情好客且勤劳勇敢
制造之都是台州的美誉
最回味无穷的是黄岩的甜

明招山怀古

这江南的葱茏一隅
凭什么将赴任的镇南将军挽留
以暴死之名　入荒山隐居
何等勇气　斩钉截铁

群山中的一方丘壑
从此为天下的名山埋下伏笔
“山不在高，有仙则灵”
谁在为阮孚将军发出感慨

中原迁来的名门望族吕氏
经那位高人指点
为福荫子孙翻山越岭
择墓地在百里之外

一代大儒宗师
只因为母亲丁忧三年
弟子云集，寺院开讲授课
明招寺从此蜚声朝野

独眼的德谦禅师独具慧眼
成吕祖谦挚友，非等闲之辈
一领袈裟，盖得山地百亩
铸就了，明招寺香火八百载

儒学经典，代代相传
三潭依次，石榴枝茂，墨香犹在
名山滋养名人几多
众人拾柴，名人煮熟了一座名山

赞武义文庙

聚集了多少优质木材
广招了多少能工巧匠
飞檐翘角，雕栏玉砌
大成殿熠熠生辉，气宇轩昂

这庄重而又肃穆的文庙
移步轻轻，踩着强大的磁场
神圣的一方天地，
知识信仰，至高无上

见不到笑口常开的弥勒
见不到慈眉善目的观音
求财求福，莫进此门
寻力量源泉，书天下文章

武义，还是武义
尊师重教，方能安国兴邦
青山绿水中华梦圆
孔孟之道源远流长

熟溪廊桥拾梦

天底下温泉无数
唯武义一条熟溪流淌熟水
奇哉　怪哉
一圈圈涟漪荡漾开来

曾记何年
山清水秀的武义城郊外
天冷得吓人
大地冻成冰川

有一孔温泉沸腾了
喷发出滚烫的山泉
一窝野鸭蛋被煮熟
那个冬天，这一带热火朝天

人们奔走相告
这一汪熟水　可煮饭蒸菜
溪流上热气腾腾
熟溪扬名，遥远的年代

星移斗转　沧海桑田
熟水降温了
似火山进入了休眠
熟睡了的熟溪，你何时醒来

九孔长桥，遮风挡雨三十万天
虔诚守望着熟溪与壶山
上百副楹联层层叠加
廊桥喘着粗气　任精髓滴滴点点

婺州窑

再也不用起早去伐木劈柴
再也不用摸着黑扶泥成坯
再也不用钻窑洞叠匣钵
再也不用呛浓烟满头大汗

一条卧龙累了困了
躺下长眠了千载百年
滚烫的瓷窑还有余温
曾经泪水随烟雾升腾到九霄云外

婺州窑火，绵延了两千多年
数不尽的青瓷，散遍了整个世界
不管王宫珍品，还是百姓饭碗
烈火中脱胎换骨，成就了永恒不变

那润滑细腻的高岭土
是上帝给婺州的恩赐
那精湛绝伦的技艺
则是古人的探索与智慧

婺州窑是婺州的名片
中国陶瓷让世界刮目相看
璀璨星空，那耀眼的一颗
婺州瓷闪烁着夺目的光辉

搏斗人生

人生便是搏斗
搏斗才是人生
不在搏斗中灭亡
便在搏斗中成长

也许你会满脸是血
也许你会遍体鳞伤
但看到你的敌人倒在你的脚下
你的身躯定会放射出战士的光芒

霸王故里

入冬以来最寒冷的一天
我们来到了霸王故里宿迁
抬头仰望乌骓马上的项羽
佩剑出征　威风八面

据说项羽的眼睛最为厉害
两道目光就是两把利剑
与他对视的能有几人
27 岁成就霸业一统江山

力拔山兮气盖世
英雄当年威震四海
时不利兮骓不逝
厄运降临　爱骑也一起受罪
骓不逝兮可奈何
宝马不肯再奋蹄
我只有对天长叹
虞姬虞姬奈若何
心爱的人儿呀
时至今日　叫我怎么办

流传 20 个世纪的霸王名篇
一次次激荡着后人心田
爱江山更爱美人
是历史给你最公正的评断

刚烈男儿　也有柔肠百转
痛失江山只因天不助我也
最放不下的心爱虞姬
青梅竹马　千里相随

倾国倾城　本应母仪天下
而如今我害你遭受灭顶之灾
怎么办怎么办
生死诀别　只有让你倒在我霸王怀
忠贞爱恋　戛然而止
千古绝唱　经久不衰

西楚霸王在历史的长河中
只是昙花一现
项羽、虞姬短暂的生命与忠贞爱恋
却感天动地　大放异彩
两千年风雨洗涤
更让她夺目璀璨

在老子神像前

第八洞天　第一福地
冠此头衔知是谁
在冬日温暖的阳光里
我们来到道教圣地——句容茅山

群山环抱　峰峦起伏
何故被谓“江南第一山”
33 米高度的老子神像　就是答案
盘腿端坐　慈祥安然
左手拈须　右手执扇
是何等的洒脱清闲

善男信女们顶礼膜拜
旺盛的香火中
包含着多少企求护佑的企盼

我是否能说一句错了
道教不同于佛教啊
善解开山鼻祖老子的良苦用心
别忘了《道德经》谆谆教诲

两千多年的道教文化
是我中华民族的根脉精髓
人法天　天法地　地法道　道法自然
一切皆有规则
万事不可胡乱

泰姬陵前的咏叹

我们从遥远的东方穿云破雾飞来
万里航程只为一睹你迷人的风采
无数次在电视的气象预报中预览
今天我们终于真实地站在你的面前

泰姬陵啊　气势恢宏　庄严肃穆
仰望你　心灵一次次被震撼
粗犷的线条　精致的雕刻
一颗璀璨的明珠为文明古国增光添彩

洁白的大理石
似泰姬纯洁的心灵
忧国忧民母仪天下
与国王情深如海
抚育十四个子女呕心沥血
39 岁积劳成疾撒手人寰
沙贾汗为您一夜白头
建此陵墓只为完成你三分之一的遗言

这里名为泰姬陵墓

实为全世界最为宏伟的清真寺院
四角上四座圆形塔柱直插云霄
似四支巨烛点燃了三百多年
又似穆斯林虔诚的教徒
日夜守护在泰姬身边
中心三个巨大的洋葱头圆顶
撑起陵墓中心宽阔的大殿

莫卧儿五世皇帝
说是为安顿心爱的妃子
结果把自己也安葬在里面
爱江山更爱美人
沙贾汗真是个名垂千古的典范
泰姬啊
你是伟大的母亲　贤惠的妻子
沙贾汗对你也是真情一片
情到深处天地动
成就了享誉全球的泰姬陵
更凝聚了印度人民那一滴辛酸泪

回想我国的唐皇李隆基
爱美女忘了江山
倾城倾国的贵妃杨玉环啊
歌舞博君乐　醉在君王怀
结果呢　逃亡路上
魂断马嵬坡　香消玉殒成云烟

后 记

生命之舟，不知不觉中已行至暮年，一路坎坷一路拼搏，收获微乎其微，身心却已疲惫不堪；太多的失落，太多的遗憾，又有太多的不甘。翻阅一下自己写下的诗歌，心头泛起一丝温暖，这是我决定出此诗集的动力与源泉。

这是对诗歌的执着，这是对文学的喜爱。灵魂，用文字与诗句来填充倒也来得温柔与舒坦。理一下那些不够成熟，却是我心路历程的滴滴点点，已有三万多字，很是欣慰。今天我下定决心来把它们梳理成册，圆我多年梦想，整理成书出版。

风从哪里来？问苍天，问大海，问青山，问江河，问平川，最后还是问自己，风儿是我心，风儿为我吹，我心系万物，行走天地间。

精神永恒，文化永恒，这个世界上我能留下点什么？但愿几百年后还有人在偶然的场合提到或翻到，某某人写在某某年代的某某诗句、诗篇。

人间，我第一次来，也说不准什么时候离开；那么美妙的世间万物，那么风光各异的山山水水，那么鲜明饱满的春夏秋冬，那么多感人的人间真情与忠肝义胆，一幕幕让人血管膨胀情绪激昂，使人心潮翻滚流连忘返，脑海中不时有诗句闪现，我尽可能串联起来记录在案。

感谢社会的进步，感谢时代的发展，感谢文学路上遇到的各位才高艺湛、情真意切的师友，如果没有遇见你们，我不会融入这种良好的学术氛围，我也不会有这几年来写作水平的提高与创作热情的喷发，今天出此诗集，捧着我一颗感恩的心，再说一声谢谢！

感谢王学海老师为我作序，感谢钱心禹先生为本诗集题写书名，感谢天界、汉江、金问渔、冬箫、冷慰怀五位老师给予的评价与鼓励。